해질 무렵

해질 무렵

황석영 장편소설

문학동네

차례

1

강연이 끝났다.

프로젝터가 꺼지고 스크린 영상도 사라졌다.

나는 강연대 위에 따라놓은 물을 반쯤 마시고는 웅성거리며 일어서기 시작한 청중 사이로 내려갔다. '구도심지 개발과 도시 디자인'이라는 주제였는데 제법 사람들이 모여든 것은 아마도 이해관계 때문이었을 것이다. 시청의 민간 기획위를 담당한 과장이 나를 안내했고 나는 그의 뒤를 따라 강당 밖 로비로 나갔다. 모두들 등을 돌리고 입구를 향해 걷고 있었는데 어떤 젊은 여성이 몰려나가는 사람들을 헤치고 나에게로 다가섰다.

선생님, 잠깐만요.

그녀는 청바지에 티셔츠의 평범한 차림새였고 화장도 하지 않은 얼굴에 단발머리였다. 나는 걸음을 멈추고 그녀를 바라보았다.

전해드릴 게 있어서요.

나는 어리둥절해서 그녀를 바라보다가 내 앞으로 내밀어진 쪽지를 보았다. 이름은 크게, 전화번호인 듯한 숫자는 작게 쓰여 있었다.

이게 뭐요?

쪽지를 받아쥐고 내가 묻자 그녀는 벌써 뒷걸음으로 주춤주춤 내게서 멀어지면서 말했다.

예전부터 잘 아시는 분이라고…… 꼭 전화해달라고 하셨어요.

내가 뭐라고 더 묻기도 전에 그 젊은 여성은 사람들 사이로 사라져버렸다.

내가 영산읍에 내려갔던 것은 윤병구의 아내가 보낸 문자메시지 때문이었다. 그는 나의 죽마고우다. 나는 고향인 영산에서 국민학교를 졸업했고 윤은 우리집 바로 뒷집에 살던 동급생이었다. 읍내에 사는 사람들은 대개 신작로인 중앙로에 이어진 상가 점포를 가진 사람들이거나 군청, 학교, 읍사무소 등에 직업을 가진 이들이 대부분이었는데, 마당이 넓고 번듯한 한옥에서 사는 이들은 군의 각처에 농지를 소유한 지주들이었을 것이다. 아버지는 읍사무소의 서기로 박봉을 받아 처자식을 먹여살렸다.

전쟁이 휩쓸고 지나갔다고는 해도 영산은 낙동강 교두보의 안쪽이어서 이전과 달라진 것은 별로 없었다. 아버지가 전장에 나갔다가 살아 돌아와 읍사무소에 일자리를 얻게 된 것은 무슨 고지 전투에선가 무공을 세우고 훈장을 받았으며, 일정 때 군청에서 사환으로 일했던 덕분이었다고 어머니가 말해준 적이 있었다. 아버지는 농투성이들뿐인 읍내 젊은이들 가운데 소학교를 나왔고 일본어와 한자를 읽고 쓸 줄 알았다. 아버지의 앉은뱅이책상 위에는 귀퉁이가 누렇게 변색된 육법전서니 행정학이니 하는 낡은 책들이 가지런히 놓여 있었다. 나중에 시골을 떠나 도회지에 나가서 아버지가 한동안 대서소 서기로 먹고산 것도 아마 그 덕분이었을 것이다. 우리는 가난했지만 그래도 다달이 나오는 아버지의 공무원 월급이 있었으며, 해마다 식량이 나오는 외가의 땅뙈기가 있었다. 다섯 마지기의 논은 어머니가 시집오면서 외할아버지에게서 떼어 받은 땅이었다.

우리가 살던 집은 읍내의 변두리 산자락이 시작되는 언덕바지에 있었는데, 방이 세 칸에다 가운데 대청마루가 딸린 일자

집이었다. 병구의 집은 우리집과 돌담 하나를 사이에 두고 보다 높은 곳에 자리잡고 있었다. 방 두 칸에 부엌이 딸린 그야말로 오두막집이었는데, 처음에는 흙벽에 초가였던 것을 나중에 지붕만 슬레이트로 바꾸었다. 병구가 나의 소싯적 친구이기는 하지만 사실 나는 그를 잘 모른다. 내가 국민학교를 졸업하던 무렵 우리 가족은 영산읍을 떠나 서울로 올라왔다. 그를 다시 만나게 되었던 것은 수십 년이 지난 뒤에 우리가 마흔 가까운 나이가 되었을 때였다. 서울 중심가의 어느 호텔 커피숍에서였을 것이다.

내 누군지 니 알아보겠나?

경상도 사투리로 물어왔을 때 나는 그가 누군지 기억이 나지 않았다. 그는 당시에 관공서의 직급 높은 이들처럼 감색 양복에 셔츠 깃을 밖으로 내놓은 그런 차림새였다. 그가 윤병구라는 이름과 영산읍을 말하자마자 내 입에서는 마법에 걸린 듯 신기하게 잊고 있었던 그의 별명이 흘러나왔다.

탄고구마, 자네 탄고구마 아닌가.

혈육이라 할지라도 이십여 년이 지난 뒤에 만나게 되면 서로가 할말이 별로 없다. 대개 가족관계라든가 현재 사는 형편이나 서로 묻고 대답하고, 자연스럽게 커피를 함께 마시고, 명함이라든지 연락처를 주고받고, 언제 만나서 술 한잔 나누자고 막연히 약속하고는 헤어진다. 그러고는 평생 다시 만나지 않든가, 전화 몇 통화 건네든가, 아니면 뒤에 다시 만나더라도 술자리가 싱거워져서 오래 이어지지 못한다. 사람은 누구나 자기가 사는 사정에 얽힌 이해관계가 있기 마련이고 그 관계의 접점이 없으면 친척 간에도 제삿날 이외에는 만날 일이 별로 없다. 윤과 나의 새로운 관계가 이어지기 시작한 것은 내가 현산건축에 있었고, 그가 중견 건설회사인 영남건설을 막 인수했던 때문이었다. '탄고구마'라고 내가 자신의 별명을 기억해내자마자 윤병구의 눈가에 물기가 고이더니 내 두 손을 와락 잡으면서 그걸 잊지 않았느냐고 더듬더듬 말했다.

그의 집은 우리집 마당 왼쪽의 아름드리 느티나무가 서 있던 담장 뒤편에 있었고, 아침마다 그는 담장 너머로 고개를 내밀고 학교에 가자고 외치곤 했다. 그의 집 부근은 동네의 주택가가 끝나는 곳에 있던 국유지였고 잔솔밭이 시작되는 비탈이었다. 전쟁이 끝나고 인근의 소작인들이 부치던 땅을 떼이고 하나둘씩 모여들어 흙과 돌로 대충 벽을 쌓고 오두막을 짓기 시작하면서 십여 호가 생겨났다. 그들은 읍내의 허드렛일이나 미장일, 목수일, 군청의 잡일을 도맡았으며 수확기마다 주변 농촌의 품앗이로 먹고살았다. 나도 그 집들 중 한 집에서 태어났고, 분명치는 않지만 병구는 국민학교 삼학년 때쯤 우리 뒷집으로 이사 왔을 것이다. 이사 온 날 그가 먼저 나에게 알은체를 했고 우리는 그날 오후 내내 뒷산에 올라가 놀았다. 서글서글한 병구의 엄마가 일 다니는 농가에서 고구마를 캐고 나서 이삭을 거두어왔는데, 맛 좀 보라고 한 바가지 갖다주었던 기억도 난다. 윤병구는 종종 점심으로 고구마 두어 개를 싸가지고 학교에 왔다. 그의 아버지는 어디 갔는지 좀처럼 보이지 않다가 집에 돌아오면 술에 취해 고래고래 소리지르거나 아내를 때리기도 했다. 그는 인근 도시에서 건설현장의 십장으로 일 나간다고 들었다.

내가 윤병구를 잊지 못하게 된 것은 어느 날 뒷산에 올라가 모닥불에 고구마를 구워 먹다 산불을 냈던 일 때문이었다. 뜨거운 고구마 껍질을 벗기느라 한눈팔던 사이에 불티가 마른풀에 번졌고, 둘이서 정신없이 불길을 쫓아다니며 발로 밟고 윗옷을 벗어 후려치며 불길을 잡아보려고 애를 썼지만 불길은 잠깐 사이에 사방으로 퍼져나갔다. 다급해진 내가 달려내려가 산에 불이 났다고 외치자 어른들 수십여 명이 집에서 뛰쳐나왔다. 동네 사람들은 뒷산으로 몰려가 어두워질 때까지 소동을 벌인 끝에 간신히 산불을 껐다.

병구와 나는 그 소란중에 군청 앞의 공회당 안에 숨어 있었다. 공회당은 일정 때 신사가 있던 곳으로 강당이나 태권도장으로 사용하고 있었다. 우리는 캄캄한 공회당에서 서로 기대어 잠들었다. 식구들과 동네 사람들은 우리를 찾아 밤늦게까지 뒷산을 헤매야 했다. 이튿날 학교에 가서 우리가 읍내에서 얼마나 유명해졌는지 알게 되었다. '불조심'이라고 쓴 화판을 들고 우리는 교무실 앞에서 벌을 섰다. 병구에게 '탄고구마'라는 별명이 붙은 것이 그 무렵부터였을 텐데, 누가 먼저 그렇게 불렀는지는 기억이 나질 않는다. 땅딸보 몸매며 동그랗고 새카만 얼굴에 영리하게 반짝이는 눈을 가진 그에게 어울리는 별명이었다.

내가 건축을 공부하고 그것을 업으로 삼아 삶을 영위하게 된 것이나 윤이 건설회사의 대표가 된 것은 우연에 지나지 않았으나 그후 죽이 잘 맞았던 것은 서로가 필요했기 때문이었다. 우리 가족이 영산읍을 떠난 뒤 그가 어떻게 살아왔는지는 몇십 년 만에 다시 만났던 날 어느 일식집에서 자세히 들었다. 누구에게나 자신이 헤쳐나온 어려운 과거는 피눈물의 역사일 테지만 그걸 입 밖에 내어 자랑삼을 일은 못 된다. 젊은이들에게 너희는 보릿고개도 모르고 점심 굶은 아이가 찾는 학교 운동장의 수돗가를 알 리가 없다고 탄식하는 것만큼이나 부질없다.

병구는 성적이 바닥이었고 월사금도 거의 못 내는 형편이어서 오학년 때인가 학교를 그만두고 빈둥거리다가 신문을 돌리고 차부에 나가 행상도 하다가 일찌감치 화물차 조수가 되었다. 그의 아버지는 도시에 나간 뒤 언젠가부터 다시는 돌아오지 않았고 그 서글서글한 엄마는 읍내 식당에 나가 일하고 바로 아래 누이동생은 미용기술을 배운다며 가출했다. 윤병구와 나는 칠십년대 중반에 앞서거니 뒤서거니 군대에 갔다. 내가 대학 재학중에 군에 갔기 때문에 그보다는 조금 늦었던 것 같다. 윤은 공병대에 배치되어 중장비 교육을 받았고 이것이 뒤에 그의 인생에 하나의 전기를 마련해주었다. 그는 제대하자마자 중장비 기술 자격증을 땄고 그맘때에 활발해진 농촌 근대화 사업에 뛰어들었다.

그의 첫 사업은 포클레인을 임대하여 농지개량사업에 나선 일이었다. 농지개량사업이란 소작농이 떠나고 열 마지기 이하의 소농들마저 견디지 못하여 농촌을 떠난 뒤에 그들의 농지를 취득한 중농 이상을 중심으로 농촌을 개편하던, 새마을운동 시절에 번성했던 작업이었다. 농지의 구획과 물길을 재정비하는 일이었다. 이런 작업은 지방마다 힘깨나 쓴다는 유지들이 나서서 군청과 함께 벌이는 사업이었고, 병구는 그 아래 손발을 자처하고 들어가 일했다. 처음 몇 년은 중장비 대수를 몇 대 더 늘리는 데 그쳤지만, 지방 간선도로 공사를 맡게 되면서 그는 읍을 벗어나 도 단위로 뛰기 시작했다. 이후 그는 국회의원이나 판검사들까지 교제 범위를 넓혀갔다. 그의 명함은 여러 종류가 있었고 직함이 빽빽하게 나열된 것들이었다. 우선 건설사 대표이면서 모 당 자문위원에다 청소년선도위원, 장학회 이사, 청년회의소, 로터리클럽, 라이온스클럽 등등. 나를 만날 무렵에 그는 부도난 건설사를 인수하여 대도시에 아파트를 짓기 시작했다. 누가 먼저랄 것도 없이 우리는 서로의 필요에 의해 부지런히 전화하고 만나고 몇 건의 사업도 함께 했다.

그의 아내에게서 온 문자메시지는 이랬다. '그이가 쓰러졌어요. 아프기 전부터 자꾸만 선생님을 찾았는데 한번 내려와 주세요.'

썩 내키지 않는데도 내가 영산읍으로 내려가보기로 한 것은 무슨 이유였을까. 아마도 그 며칠 전 김기영이 나에게 던진 한마디 때문이었는지도 모른다. '공간, 시간, 인간이라고? 우리 건축에 인간이 있었나? 인간이 있었으면 죽기 전에 후회라도 할 텐데. 현산 선생이나 너희들 모두 반성해야 돼.'

김은 나의 대학 선배였다. 그가 말기 암으로 투병중이어서 내가 그냥 부드럽게 웃으며 논쟁을 피한 건 아니었다. 나는 그를 좋아했다. 그의 어리석은 순진함이며 사람과 세상을 짝사랑하는 태도를 비아냥거리지 않고 좋아했다. 주위에서는 그의 이상주의가 실력이 없기 때문이라고도 했지만, 바로 그것이 김기영의 실력이라고 나는 생각했다. 그러나 그에 대한 나의 관대함은 세상을 짝사랑하지는 않겠다고 작심한 뒤에 그를 거리를 두고 바라본 데서 온 여유 같은 것이었다. 나는 이미 오래전에 사람과 세상은 믿을 수 없다고 결론을 내렸다. 시간이 지난 뒤에 사람들의 욕망은 그런 가치들 가운데 남길 것만 조금 걸러내고 대부분을 자기 위주로 변형시키거나 폐기처분해버린다. 조금 남겨두었던 것들마저 마치 오래전에 소비했던 낡은 물건처럼 또다른 기억의 다락방에 처박힌다. 건물을 무엇으로 짓느냐고? 결국은 돈과 권력이 결정한다. 그런 것들이 결정한 기억만 형상화되어 오래 남는다.

고개를 넘자마자 영산읍이었다. 우리 식구가 이곳을 떠나던 날 밤이 생각났다. 트럭의 운전석 옆에 아버지와 어머니가 타고 있었고 나와 아우는 화물칸의 짐 사이에 쪼그려앉아 있었다. 비포장도로를 달리면서 트럭이 덜컹대고 기우뚱할 때마다 잡다한 식기를 담은 함지가 흔들리면서 요란한 소리를 냈다. 역시 사기그릇들은 반나마 깨져버렸다. 날이 새고 서울로 올라가는 국도에 이르러서야 잠깐 차에서 내려 국밥을 사먹었다. 읍을 떠나기 전에 저녁도 못 먹었기 때문에 우리는 허겁지겁 뜨거운 국밥을 퍼먹었다. 어머니가, 망한 놈이 밤도망을 간다더니…… 하다가 울음을 터뜨렸다.

십오 년 전에 영산에 내려온 적이 있었다. 윤병구가 고향에 집을 장만한다며 분주하게 드나들 무렵이었다. 사람은 뿌리를 잊지 말아야 한다고 윤은 자못 진지하게 말했다. 나는 헛웃음으로 장단을 맞춰주었으나 그가 그런 말을 하는 것이 못내 쑥스러웠다. 그는 영산에서 대지주였던 조씨 가문의 고가를 해체하고 저수지가 훤히 내려다보이는 소나무 동산 전체를 사들여 자리를 잡았다. 당시에도 그곳에서는 도무지 옛날 읍내의 모습을 찾을 수가 없었다. 도시에 비하면 시골의 시간이 느리게 간다고 얘기들 하지만 떠난 자에게는 빨리 돌아가는 영상처럼 느껴진다. 어쩌다가 인연이 닿아야 한두 번 들를까 말까 하다보면, 십 년 세월이 어제 같은데 낯익은 얼굴들은 일제히 사라지고 서울에서 보던 건물과 풍경이 중앙로 양쪽을 점령한다. 그러고는 속도를 낸 차창 밖 풍경처럼 덧없이 지나간다.

윤병구의 아내는 나를 보자 손수건으로 눈물부터 찍어냈다. 그녀는 국민학교 교사 출신이었는데 병구가 한창 잘나가기 시작하던 팔십년대 초반에 결혼했다. 나는 그가 결혼도 부황하지 않게 실질적으로 잘 치러냈다고 생각했었다. 윤의 아내는 병실 앞에서 나와 마주치자마자 혼잣말처럼 중얼거렸다.

정치바람 타지 말라꼬 그렇게 얘기했건마는.

이미 수술을 마친 윤병구는 혼수상태였다. 어쩌면 잘된 일일지도 모른다. 그는 검찰 출두를 일주일 남겨두고 있었다. 아마도 관련된 이들은 이 소식을 듣고 가슴을 쓸어내리고 있을 것이다. 나는 온갖 의료기기에 둘러싸인 채 죽은 듯이 누워 있는 윤의 머리맡에 한참이나 앉아 있었다. 그의 얼굴 반쯤을 산소호흡기가 덮고 있었다. 아들은 도립병원으로 옮기자고 했지만 가는 도중에 무슨 일이 벌어질지 몰라서 그냥 이곳에 입원했다고 윤의 아내가 말했다. 그의 장남과 함께 저녁 먹는 자리에서 그가 왜 나를 찾았는지 까닭을 물었다. 아들은 진지하게 말했다. 얼마 전부터 윤이 고향집이 있던 그 자리에 기념관을 세우고 싶다고 했다는 것이다.

아부지가 그러십디더. 선생님 댁이 있던 자리하고 그 부근이 한 오백 평 되는 기라예. 선생님이 설계해갖고 건물 짓고 문화재단 하나 만들자꼬요.

나는 피식 웃음이 났지만 진지하게 말했다.

그런 건 느이 아버지 몸이나 추스르고 나서 생각해야겠지.

서울에서 아버지 회사의 경영을 맡고 있는 아들도 그런 이야기가 적절한 화제가 아님을 잘 알고 있는 눈치였다. 그는 식사중에도 휴대폰을 몇 번씩 들여다보고 바깥으로 나가 언성을 높이며 뭔가 지시하기도 했다. 그는 요즈음 영산읍 같은 시골에 점점 인구가 줄어들어 걱정이라고 말했다. 노인만 한 사람씩 남거나 비어 있는 집들이 태반인 동네가 한둘이 아니란 거였다. 젊은 사람의 씨가 마른 지 벌써 오래되었다고 그는 시골 물정에 대하여 아는 척했다. 사실 그나 나나 이런 고장에 일 년에 한두 번 올까 말까 한 형편이니 틀린 말도 아니다.

벌써 주위는 어두워졌고 나는 그가 잡아두었다는 모텔에 들어갔다. 복도의 양끝에 시시티브이가 설치되어 있고 리모컨으로 조명등에서 텔레비전과 에어컨까지 조정하는 최신 설비였다. 낯선 곳에 누워 있자니 좀처럼 잠이 들질 않았다. 웬 시골 구석에 곳곳마다 가로등인가 투덜대면서 나는 유리창으로 새어들어오는 불빛을 가리려고 커튼을 꼼꼼히 여몄다.

일찍 잠이 깼다. 어둠 속에서 빛나는 탁자 위의 전자시계를 보니 일곱시 십분이었다. 나는 젊어서부터 아침잠이 많았다. 건축사무소란 일반 직장과 달리 각자가 미리 기획된 부분의 일만 하면 되었고 창의성이니 뭐니 하여 잡무에 얽매이지 않았던 탓이기도 했다. 건축사무소를 직접 운영하면서는 일주일에 두세 번 나가고 그나마 오전 열시가 넘어서 들렀다가 별일 없으면 오후에 일찍 사무실에서 나왔다. 평생을 심야에 일해

온 나로서는 남들이 다 출근한 뒤에야 슬슬 일어나 활동을 시작하는 것이 오랜 습관이었다.

이른 시각이었지만 모텔 방에 마냥 누워 있을 수는 없었다. 모텔에서 큰길로 나가니 바로 시외버스터미널이었다. 시골 사람들은 역시 부지런하다. 벌써부터 터미널 앞은 사람들과 택시들로 붐볐다. 나는 이번에는 시골 읍내에 웬 차가 이리도 많은가 투덜대며 중앙로를 따라 걸었다. 예전의 지붕 낮은 점포들은 사라지고 좌우에 이삼층으로 올려 지은 건물들이 늘어서 있었다. 방향만 그대로일 뿐 길은 전보다 훨씬 넓어졌다.

사거리에서 오른편으로 돌아 군청 옆길과 문화회관을 지나고 오르막길에서 좌우를 살피니 그쯤에 있어야 할 소나무숲이 보이지 않았다. 골목은 사라졌고 이차선의 포장도로가 뚫려 있다. 양쪽으로 길게 이어지던 돌담도 사라졌다. 역시 이삼층의 네모반듯한 건물들이 길을 따라서 이어졌다. 나는 뒷산의 모양을 어림짐작하고 왼쪽으로 꺾어 오르다가 시멘트 뚜껑이 씌워진 하수도를 발견하고 방향이 맞았음을 알았다. 전에는 작은 시냇물이 흐르던 곳이었다. 언젠가 술 취해 돌아오던 아버지가 거기에 빠진 적이 있었고 내가 개구리를 잡던 곳이었다.

밭 사이로 집이 한두 채씩 보였다. 우리집은 보이지 않았다.

십오 년 전에 왔을 때는 쇠락한 대로 누군가 살고 있었는데, 나중에 빈집이 되었다가 결국 철거된 모양이다. 나는 병구네 집 마당이 올려다뵈던 모퉁이의 아름드리 느티나무를 기억하고 있었다. 그 나무도 없다. 아니 있긴 했지만 나무는 베어지고 죽은 나뭇등걸만 남아 있다. 곳곳에 크고 작은 버섯들이 자라나 있었다. 병구의 집이 있던 곳까지 비스듬하게 정리가 되어 고랑마다 검은 비닐을 씌운 고추밭이 널찍하게 자리잡고 있었다. 뒷산은 전보다 나무가 짙푸르고 빽빽하게 자라나 있었다.

나는 남은 사람보다 떠난 사람이 더 많은 이 고장의 개화한 모습을 이해할 수 없었다. 모텔에서 상가와 주거지에 이르기까지 이삼층의 상자 같은 시멘트 건물이 들어선 읍내는 전보다 더욱 황량해 보였다. 낮은 지붕 위로 피어오르던 밥 짓는 연기는 어디서도 찾아볼 수 없었다. 언덕 위에서 내려다보자니 어느 소도시나 비슷한 풍경이었고, 심지어는 서울 변두리의 풍경 같았다. 나도 탄고구마도, 진작에 세상 떠난 아버지와 어머니도, 여기 읍내도 처음부터 지상에 존재하지 않았던 것만 같았다.

주말 오전에 미국에서 전화가 왔다. 딸아이는 차분하게 지난 한 달 동안에 있었던 일을 이야기했다. 그애는 내 유일한 자식이고 지금은 미국에 산다. 의대를 나와 종합병원 의사가 되었고 미국인 교수와 결혼했다. 유학을 갔다가 현지에서 결혼하여 자연스레 그곳 사람이 되어버린 것이다. 딸이 미국에 정착하자 아내는 자주 오락가락하더니, 이제는 아예 눌러앉을 생각인지 몇 년째 돌아오지 않고 있다. 친정 식구들도 거의 미국에 살고 있는데다 나와의 결혼생활은 이미 십여 년 전부터 삐걱대기 시작하여 근년에는 아예 어긋나버린 듯 바로잡기가 힘들어졌다. 딸은 엄마가 새로 이사한 아파트에 대해서 말했다. 거기서 이모들과 자기 가족이 함께했던 집들이 모임에 대해 이야기해주었다. 건강하시죠? 엄마가 혈압약 잘 챙겨 드시래요. 최근에 딸의 주거지 부근에 새로 아파트를 얻었다면 아내는 돌아올 생각이 없는 게 분명했다.

나는 오랜만에 담배 생각이 나서 이리저리 뒤졌다. 가끔씩 아이디어를 스케치하다가 답답해지면 찾던 붉은색 말보로 담뱃갑이 어디엔가 있을 것이다. 라이터를 책상 위 스탠드 옆에서 찾아내고 서랍을 열어보고 하다가 이번에는 옷장 안의 양복을 어루만지기 시작했다. 옷 위로 담뱃갑이 만져진다. 더듬어서 담뱃갑을 집어내는데 뭔가 툭 떨어졌다. 명함 두 장과 종이쪽지가 발치에 떨어져 있다. 명함은 시청 공무원의 것 하나, 다른 하나는 무슨 잡지사 기자의 것이었고, 그리고 하나는……

나는 그것들을 책상 위에 올려놓고 담배를 뽑아 물었다. 전화 번호 위에 크게 적힌 이름을 물끄러미 바라보며 속으로 되뇌었다. 차, 순, 아. 오랫동안 잊고 있던 수십 년 전 기억 속의 이름이었다. 지난주 강연장에서 젊은 여성에게 쪽지를 건네받던 장면이 떠올랐다. 강연이 끝나자 건축 잡지와의 인터뷰가 있었고 몇몇 사람들과 어울려 술자리가 이어졌다. 그러고는 며칠 동안 이런저런 바쁜 일정을 소화하느라 쪽지를 받았던 일조차 까맣게 잊고 있었다.

나는 한동안 망설이다가 책상 위의 유선전화를 끌어당겨 쪽지에 적힌 번호를 차례대로 눌러보았다. 한참 동안 벨이 울리다가 음성사서함으로 연결되었다. 나는 뭐라 말하려다가 얼른 수화기를 내려놓았다. 휴대전화를 찾아 들고 문자메시지를 남겼다.

박민우입니다. 통화 가능할 때 전화 주십시오.

사무실에 들렀더니 건축사 송이 말했다.

오늘 김기영 선생님 모임이 있다는데 가실 거죠?

김선배하구 무슨 모임?

의사가 그랬다는데요. 얼마 안 남았다구요. 몇몇이 모시구 바람이나 쐬러 나가본다네요.

그래, 어디루 간다던가?

강화에 간다는데요.

나는 기사가 운전하는 회사 차 대신 송의 차에 동승하기로 했다. 올림픽대로를 지나면서 송이 말했다.

대동건설의 임회장이 찍혔다는데요.

나는 그가 무슨 소문을 들었는지 짐작할 수 있었지만 짐짓 모르는 척하고 되물었다.

찍혔다니, 그게 무슨 소리야?

현 정부하구 사이가 안 좋다는 얘기가 있어서요.

대동건설은 한강디지털센터의 프로젝트를 우리에게 맡기고 있었다. 현재 그 초고층 건물은 반 이상 올라간 상태였다. 나는 일부러 무심하게 대꾸했다.

우리야 맡은 일만 해주면 되는 거지.

하여튼 깔끔하게 뒷마무리를 해야겠어요.

그는 아마도 신문기사를 읽은 모양이었다. 당국에서 내사중이라는 설과 대동측이 교외 지역에서 추진중인 아시아월드 사업이 자금 문제로 좌초될지도 모른다는 내용이었다.

지금 오랜만에 소풍 나가면서 김새는 소리만 할 거야?

내가 일부러 유쾌한 기색으로 말하자 송이 화제를 돌렸다.

김기영 선생님은 몸은 아파도 마음은 참 편하실 거 같아요.

글쎄 말이야, 워낙 낙천적인 양반이니까.

평일이라 한 번도 막히지 않고 올림픽대로를 달려 김포를 지나 강화초지대교를 건넜다. 교차로 근처 주차장에 차를 대 놓고 우리는 커피숍에 들어갔다. 먼저 와서 기다리던 이영빈 교수가 손을 번쩍 들어 보였다. 그는 내 또래로 출신 학교는 달랐지만 현상 공모전에서 앞뒤를 다투다가 알게 된 사이로 활동 시기가 비슷했다. 서로 일감을 맡으려고 경쟁한 적도 있었고 함께 참가한 프로젝트도 있었다. 그는 김선배처럼 유럽에서 건축 공부를 했다. 실무로 따진다면 우리 쪽에 비교할 수는 없겠지만 어쨌든 그는 유복한 집안에서 자라난 서울내기였다. 이영빈은 일찌감치 교수직을 택했고 지금은 실속 없는 비평가 노릇을 하며 지낸다. 그는 캐주얼 차림에 야구모자를 쓰고 있었다. 그가 의외라는 듯이 말했다.

자네 바쁠 텐데 웬일로 여기까지 왔나?

김선배 뵌 지가 오래돼서 말이야.

주차장에 밴 차량이 들어서고 낯익은 젊은이가 커피숍 쪽으로 뛰어왔다. 건축 잡지의 편집장이었다. 그가 두리번거리더니 우리에게 말했다.

다들 가시죠. 동막해수욕장 부근에 예약을 해두었답니다.

김선배는 운전석 옆자리에서 다가가는 우리를 내다보며 손을 흔들었다. 차량 세 대가 연이어 해수욕장으로 들어갔는데 철 이른 해변에는 나들이 나온 가족과 젊은이들 몇이 보일 뿐 한산했다. 바다가 내다뵈는 해변 식당에 들어가 둘러앉았다. 김기영은 몇 달 전보다 훨씬 여위었고 항암 치료 후유증으로 탈모가 진행되어 낡은 중절모를 눌러쓰고 있었다. 우리 외에 잡지사에서 따라온 두 사람과 화랑 큐레이터 한 사람, 그리고 김선배의 아내와 그의 건축사무소 제자들로 일행은 십여 명이었다. 김선배와 그의 아내, 이영빈과 내가 다른 이들과 따로 떨어져 앉았다. 병어, 밴댕이 같은 잡어 회와 조개구이를 시켰다.

우리는 현산건축 초기 시절에 자주 어울려 오르던 마니산 등산 얘기를 꺼냈다. 그때는 다들 젊었고 외국 유학에서 돌아온 지 얼마 안 되었던 때라 겁이 없었다. 성공의 의미가 각각 다르기는 했지만 김기영은 그때나 지금이나 아틀리에 정도의 작은 작업실을 유지했고, 이영빈은 기념할 만한 작업 하나 남기지 못하고 대학으로 들어가 입만 살았고, 나도 한때는 백여 명 가까운 직원을 먹여살리는 기업적인 건축사무소를 유지한 적도 있었다. 철이 좀 들면 기운이 빠진다던가. 때마침 외환위기가 오면서 몸피를 줄여서 이십여 명의 직원이 일하는 실속 있는 사무소로 전환했다.

김선배는 오늘 모처럼 교외로 나와 기분이 좋은 모양이었다. 그가 웃을 때마다 말라서 더욱 작아진 얼굴에 조글조글 주름이 잡히곤 했다. 의사가 항암제를 이기려면 고단백 식품을 많이 먹어야 한다고 했다면서도 그는 아내가 집어주는 전복이나 대합을 몇 점 입에 대다 말았다.

솔직히 말하자면 내가 얼마 살지 못할 것 같은데 말이야, 하고 김선배가 말을 꺼냈다. 자네들 영국 가서 런던아이 타봤나? 이교수가 타봤다고 했고 김이 고개를 끄덕였다.

그 수레바퀴가 한 바퀴 도는 데 한 시간 걸린다네. 부처가 그랬지. 인간사 한 바퀴가 일륜인데 백 년 걸리지. 우리는 모두 한 바퀴도 못 돌고 내리는 셈이 아닌가.

백 년 뒤에는 여기 있는 사람들 대부분이 사라지고 없을 것이다. 세상에는 모두가 새로운 사람들일 것이다. 그래도 건축쟁이는 좀 낫다고, 건물은 지상에 서 있을 거라고, 그렇게들 생각할 테지만 탐욕스럽고 볼썽사나운 형상으로 남을 수도 있겠지. 점심을 먹고 나서 젊은 축들은 해변을 산책한다, 갈매기에게 새우깡을 던져준다 하면서 어슬렁거렸다. 저녁 무렵이 되어서야 우리는 화도면 쪽의 마니산 오르는 언덕바지에 차를 대놓고 바람을 쐬었다. 노을이 지고 있었다. 해는 느릿느릿, 아주 천천히 수평선으로 떨어졌다.

이영빈이 영남건설의 윤회장 얘기를 꺼냈다.

그 사람 자네 죽마고우 아니었나? 현산 시절에 자네 때문에 나두 몇 번 만났는데.

김선배도 기억이 나는 모양이었다.

그땐 다들 살판났었지. 그런데 그 사람 국회의원두 한두 번 지냈지 아마?

윤병구 회장도 그렇고 요즈음 대동건설 건도 그렇고, 결국은 모두 비자금이 문제 아닌가.

이교수가 나를 가만히 들여다보면서 말했다.

이젠 좀 내려놓지 그러나?

우리네야 그림이나 그려준 건데 뭘. 윤회장 그 친구 쓰러져서 인사불성이더군.

나는 영산읍에 다녀온 얘기를 잠깐 했다. 집들도 돌담도 오솔길도 모두 사라졌고 내가 태어난 집터에는 나뭇등걸만 남았더라고.

온 세상의 고향이 다 사라졌어요.

내 말에 김선배는 먼바다 쪽을 내다보다가 고개를 돌려 우리를 보았다.

그거 다 느이들이 없애버렸잖아. 아, 노을 곱다!

서울 시내로 들어오면서 일행은 자연스럽게 헤어졌는데 이교수는 우리 사무실까지 나를 따라왔다. 작정했던 바는 아니었으나 그와 나는 회사 근처의 와인바에서 저녁 겸 술을 한잔 하기로 했다. 그가 김선배의 마지막 행사를 거들어주자고 안을 내었다. 김선배의 디자인 스케치며 건축모형과 사진자료, 설계시안 등을 전시하는 회고전을 해주자는 것이다. 주위에서 모금을 하고 있다니 자네도 좀 협조를 하라고 그가 말했다. 그러지 뭐, 정도로 응답을 해주었다. 술이 좀더 거나해져서 이영빈 교수가 화장실에 다녀오더니 뜬금없이 말했다.

오늘 아픈 사람을 만나서 그런가…… 그 아카시아숲이 생각나네.

아카시아?

나는 알아듣지 못하고 그에게 건성으로 되물었다.

왜 그 강북지구 개발 때 말이야, 라고 이영빈이 덧붙이고서야 날림집들이 빼곡히 들어섰던 산동네와 야트막한 뒷동산이 생각났다.

그게 어쨌다구?

내가 중얼거리자 그가 말했다.

아니, 그냥 옛날 생각이 나서. 우리가 다 밀어버렸잖아.

나는 한참이나 말없이 앉아 있다가 다시 심드렁하게 말해버렸다.

자네 몰랐지? 나두 산동네 출신이야.

이영빈이 무심하게 대꾸했다.

그전에 자네가 얘기했어. 늘 하는 말이지만 자넨 강자야.

자정이 가까워서야 우리는 술자리를 끝냈다. 집에 돌아와서 옷을 갈아입다가 휴대전화를 꺼내 확인을 하니 몇 개의 문자들 가운데 차순아의 것이 섞여 있다.

차순아예요. 전화를 하셨네요. 잊지 않고 연락 주셔서 고맙습니다. 저는 낮시간에는 통화가 어렵고 밤에는 늦게라도 괜찮습니다.

나는 망설이다가 숫자를 누르기 시작했다. 늦은 시간이었지만 문자가 온 게 불과 한 시간 전이 아닌가. 자고 있으면 전화를 안 받거나 휴대전화를 꺼놓았겠지, 생각하면서 숫자를 차례로 누른다. 신호음 소리가 아득하게 들려온다. 여보세요, 하는 소리가 들렸다. 저어, 나는 박민우라는 사람인데요. 아아, 박민우씨? 나 기억해요? 한동네 살던…… 국숫집. 나이가 들어서도 음성은 크게 변하지 않은 것 같다. 나도 덩달아 목소리가 높아지며, 지금 어디 사느냐고, 거기서 뭘 하느냐고, 부모님은 평안하시냐고, 한꺼번에 연달아 물었다. 차순아는 부천에서 장사한다고, 먹고살 만하다고, 내 소식을 우연히 알게 되었다고 대답했고, 그럼 왜 강연장에 찾아오지 않았느냐, 반가웠을 텐데 하는 물음에는 간단히 대답했다. 늙고 뚱뚱해져서 만나기가 어쩐지 부끄러웠다고. 나는 이제 서로 연락처를 알았으니 가끔 통화하자고, 아니 언제 한번 시간 내어 만나자고, 그러고는 통화를 끝냈다.

이튿날 두통과 갈증으로 잠에서 깨어나자 머릿속이 텅 빈 백지처럼 느껴졌다. 그러더니 점차 바닷가, 언덕 위에서 본 노을, 말기 암 환자의 낙천적인 웃음소리, 그리고 수화기를 통해 들려오던 여자의 목소리 등등이 얼룩처럼 그 백지 위에 번져간다. 뒤죽박죽 이어진 꿈의 연장인 것만 같아서, 어서 돌아와야지, 머리를 몇 번 거세게 흔들었다. 냉장고에서 생수를 꺼내어 연거푸 두 잔을 단숨에 마시고는 식탁 앞에 멍하니 앉아 있는데 초인종이 울렸다. 파출부가 오는 날이다. 귀찮지만 외출해야 한다.

2

정지된 폐허 가운데 잡초와 들꽃에 뒤덮여 쓰러진 녹슨 기관차처럼, 그의 매장은 아직 끝나지 않았습니다.

마지막 대사와 함께 연습도 끝났다. 내일 마지막 리허설을 하고 나면 모레부터는 공연이다. 배우들은 제각기 흩어졌고 나는 소극장 입구 옆에 붙은 극단 사무실로 올라갔다. 대표가 전화를 하고 있다가 나를 보더니 손짓했다. 그는 통화를 마치고 휴대전화의 문자메시지들을 확인하고는 내게 말했다.

내일 인터뷰가 두 건이나 들어왔어. 연출자인 정형이 좀 해줘야겠는데?

그는 내가 반길 줄 알고 말했지만 나는 지쳐서 아무 대답도

하기 싫었다. 정우희라는 멀쩡한 이름 석 자 놔두고 남자들에게 하듯 형, 형, 하는 호칭도 싫었다. 부려먹으면서 마치 동지적 관계이기라도 한 듯한 말투가 아니던가.

점심때부터 아무것도 먹지 못했는데 벌써 밤 아홉시가 넘어서 배고픔까지 잊어버렸다. 이번 작품은 원작자에게 양해를 구하고 소설을 각색한 것이라서 원작료는 없다 치더라도 각색료는 주었어야 했다. 연출을 맡기로 하고 나는 몇 달 동안 끙끙거리며 각색을 했다. 배우들도 마찬가지였지만 나도 각색료는 커녕 연출비도 받지 못했다. 그러나 이런 사정은 우리가 자초한 일이기도 했다.

대표는 연출자 출신으로 학교 선배였고 우리와 함께 연극동인을 조직하고 오래전에 신뢰를 잃은 부모에게 가까스로 지원받아 건물 지하에 어렵사리 소극장을 차렸다. 고만고만한 극단과 소극장들이 들어선 이곳에서 관객은 늘 한정되어 있었으며 임대료는 하루가 다르게 치솟았다. 개막을 하면 첫 주는 하루이틀 손님이 들어오다 이내 줄기 시작해서 닷새도 못 가 열 명 채우기도 힘들어진다. 그다음부터는 몸으로 때우며 공연을 끌고 나간다. 문화 당국의 지원이 있긴 했지만 대개는 소극장 대관료로 충당됐고 건물주에게만 좋은 일이 되었다. 우리는 매주 각계 인사들의 명단을 놓고 정회원이 되어주십사,

간청하는 메일을 보내곤 했다.

나는 그냥 시큰둥하게 말했다.

가불이나 좀 해주세요.

뭐…… 가불?

대표는 어이없다는 듯이 머리를 쳐들고 웃었다.

그러니까 여기가 무슨 회사 같네. 어쨌든 공연을 해봐야 몇 푼이나 생길지 가늠할 거 아닌가. 얼마나 필요한데?

한 오십만원쯤요.

나는 밀린 집세의 일부라도 줘야 이번 달을 넘길 수 있을 거라고 생각하고 있었다. 그가 지갑을 꺼내 열어보더니 말했다.

기획비 조금 있는데…… 지금 한푼이 아쉬운데 말이야. 삼십만원 있네.

나는 그가 마지못해 내미는 오만원짜리 지폐 여섯 장을 맘 변하기 전에 낚아채듯 받았다. 돌아서서 나오려는 내 뒤통수에 대고 대표가 외쳤다.

내일 오후 한시까지 와야 해. 인터뷰해야 하니까.

리허설은 저녁 일곱시였다. 내일부터는 식비가 나올 것이다.

기자더러 리허설 시간에 와서 취재하라고 그래요.

이번이 세번째 연출이었고 지난번을 끝으로 때려치우려고

했었다.

내 이름은 정우희, 벌써 스물아홉 살이나 먹었다. 예술대학을 나온 초짜 극작가 겸 연출가이다. 중간에 먹고살아보려고 연극을 때려치우고 직장에 들어갔었다. 이력서를 수십 군데 보내고 면접에서 떨어지기를 거듭하다가 간신히 조그마한 출판사에 들어가서 이 년쯤 일했다. 잘나가는 출판사는 베스트셀러를 찍어내고 건물도 올리고 직원들 보너스도 듬뿍 준다는데, 이놈의 출판사 사장은 워낙 밑천이 없어서인지 인기 있다는 번역물 하나 사들이지 못했다. 저작권료를 지불할 걱정이 없는 케케묵은 고전이나 수상한 에세이들을 짜깁기하여 그럴듯한 제목을 붙여 내놓았다.

나는 교정과 윤문, 번안 등의 편집일에서부터 홍보에 필자 상대까지 일인 다역을 해냈다. 직원이라고는 나 외에 사장과 그의 후배와 전문대학을 갓 졸업한 애송이 여자애가 전부였다. 우리는 늘 일손이 달리면서도 마감을 넘기지 않으려고 툭하면 야근을 했다. 야근 수당 따위는 없었고 가족적인 분위기를 해치지 않기 위해서 소박한 야식으로 만족해야 했다. 그런 식으로 이 년을 버텼던 것은 달리 뾰족한 해결책이 없었기 때문이다. 집세와 공과금을 제하고 간신히 혼자 먹고살 만큼 벌었다. 집과 출판사만 시계추처럼 왔다갔다하느라 돈 쓸 시간도 없었다. 눈이 빠져라 모니터를 들여다보며 남의 글만 수정하고 윤문 작업을 하다가 세월을 허송하는 듯한 공허감 때문에 층계참으로 나가곤 했다. 거기 쪼그려앉아 담배를 연거푸 두어 대 피우면 속이 좀 가라앉는 것 같았다.

어느 날 필자를 만나러 대학로에 갔다가 카페에서 연극과 선배를 우연히 만났는데, 그가 안 그래도 나를 찾던 중이라며 작품을 한 편 써달라고 했다. 마땅한 핑곗거리라도 있으면 출판사를 때려치우려고 벼르던 차에 다시 이 수렁 같은 연극판에 스스로 몸을 던지고야 만 것이다. 대학을 졸업하고 극단에서 스태프로, 단역배우로 밑바닥에서 기다가 도무지 전망이 보이지 않아서 다시는 연극을 하지 않겠다고 작심을 하고 떠났던 터였다. 그런데 되돌아와서 전에 쓰다가 팽개쳐두었던 대본을 고쳐서 간신히 공연 기일에 맞추었는데, 그해 가을에 연극제에 참가하게 되어 덜컥 신인상을 받았다. 그러니 이제 와서 그만둘 수도 없게 되어버렸고, 어찌됐든 이 소극장의 손바닥만한 무대를 딛고 일어서야만 했다.

내게는 홀어머니와 언니가 있다. 대학에 다닐 때 교직에 있던 아버지가 돌아가셨다. 언니는 이미 졸업한 후였는데, 나는 삼촌의 도움을 받아 가까스로 대학을 마쳤다. 실은 예술대학 연극과에 입학할 때부터, 다른 학과를 선택하든지 아니면 집

가까운 지방대학에 진학하지 않으면 등록금을 대줄 수 없다는 아버지의 완강한 반대 속에서 어머니의 두호 아래 간신히 학교를 다녔다. 삼촌이 마지막 두 학기의 도움을 준 것도 졸업하면 연극하지 않고 취직하겠다는 나의 다짐을 받고서였다. 그러니 어떻게든 독립하지 않으면 아무것도 할 수 없다고 일찍부터 깨닫고 있었다. 언니도 교사 임용고시 준비로 수년을 허비하고 간신히 지방의 중학교 선생이 되었고, 각종 부업과 가사도우미까지 나섰던 어머니는 이제 언니와 더불어 소도시에서 호젓한 생활을 시작했다. 내가 어떤 일이 있어도 되도록 연락하지 않는 것이 그녀들의 평화로운 일상을 돕는 길이 될 거다.

오천원짜리 티셔츠 두 장과 만원짜리 청바지 하나면 봄부터 가을까지 지낼 수 있었고, 식비와 교통비 외에는 별로 돈 들어갈 데가 없었다. 대도시에서 살다보면 결국은 언제나 주거비가 문제다. 고시원을 전전하다가 출판사에 나가던 시절에 약간의 돈을 모아서 보증금 넣고 월세를 조금 낼 수 있는 다가구주택의 반지하방을 얻었다. 나는 수도권 변두리의 숙소를 돌아다니면서 나와 비슷한 또래들을 수없이 만났다. 그들은 밀림 속의 맹수들 틈에서 잔뜩 움츠린 채 눈치만 발달한 작은 포유류 같았다.

나는 소극장에서 나오자마자 카페와 주점과 식당이 즐비한 거리를 꿋꿋하게 지나쳤다. 퇴근시간이 훨씬 지나 버스에는 빈자리가 많았다. 앉자마자 유리창에 머리를 기대고 졸았다. 시냇물 흐르는 소리가 배에서 가슴까지 치밀어오를 적마다 스스로 놀라서 깨었다가 다시 잠들었다. 내 숙소가 있는 도시의 초입에 새로 지어진 아파트 단지까지 가려면, 교통이 복잡할 때는 한 시간 넘게, 그리고 지금 시간이면 사십여 분 걸린다. 그러나 나는 지금 내 안식처로 돌아가는 게 아니다.

의식하지 않고도 목적지 바로 전 정류장에서 저절로 잠이 깼다. 버스에서 내리니 네거리 모퉁이에 내 알바 일터가 보인다. 나는 신호등이 바뀌기를 기다리며 맞은편에 보이는 이십사 시간 편의점의 불빛을 건너다보았다. 신호가 바뀌자마자 뛰어갔고 거칠게 숨을 내쉬며 유리문을 밀고 들어섰다. 좀 과장된 동작이었는데, 아저씨는 말없이 나를 노려보기만 했다. 나는 얼른 편의점 앞치마를 두르고 호들갑을 떨며 말했다.

죄송해요. 그 대신 낼 아침에 한 시간 더 근무할게요.

교대시간을 지켜줘야지. 오늘도 연극하구 왔어?

내일 총연습이구요, 모레부터 공연이에요.

그거 밥벌이두 안 된다면서 뭣하러 하는 건지 원.

아저씨는 나갈 채비를 하다가 말했다.

물건 들어온 거 그대로 놔뒀으니까 우희씨가 정리하라구. 그럼 내일은 아홉시까지야.

아저씨가 퇴근했다. 그는 아침에 다시 나와서 나와 교대할 것이며, 낮시간 동안은 그의 아내가 짬짬이 한두 시간씩 남편과 교대하여 그의 식사와 휴식을 돕는다. 부부가 자는 동안에 알바가 불침번을 서는 셈이다. 밤 열시부터 아침 여덟시까지 열 시간 근무였다. 야간 알바는 나 외에도 남학생이 한 명 더 있는데, 그는 주말에만 나왔다. 나는 그래도 주오일근무였다. 푼돈이나마 더 벌고 싶으면 편의점 알바는 할 게 못 된다. 여러 가지를 해봤지만 시급이 제일 낮고 혼자 시간을 잘 쓸 줄 모르는 사람에게는 절망적으로 지루하다. 사정에 따라 다르겠지만 심야시간에 공부를 하거나 책을 본다면 그야말로 알찬 시간이 될 것이다.

자정을 넘기면 아무리 중심가라도 손님이 뜸해진다. 나는 오히려 이 일을 하면서 생활 리듬이 안정되었다. 그전에는 카페, 식당, 피자집, 햄버거집, 김밥집, 백화점 주차장도우미 등 참으로 별의별 일을 다 해봤다. 그러다가 편의점 야근이 나 같은 사람에게는 잠을 조금만 줄인다면 낮시간을 다른 일로 쓸 수 있다는 장점이 있음을 알게 되었다. 연극 쪽 일이 알바보다도 실속 없는 짓이지만, 꿈이 주는 위안을 알바일에 비교하랴.

저녁 아홉시에 유제품과 음료수와 스낵이 들어온다. 교대하자마자 내가 하는 일이 아저씨가 받아놓은 물건들을 정리하는 거다. 그래서 저녁 먹는 시간을 이때로 정했다. 저녁 여덟시가 넘으면 무조건 삼각김밥과 샌드위치를 폐기처분해야 한다. 그리고 새벽 물건이 들어오기 전에 진열했던 도시락을 미리 치워둔다. 나는 아저씨가 미처 정리하지 못한 삼각김밥과 도시락을 진열대에서 내려 계산대 아래 쌓아놓는다. 새 물건들로 빈자리를 채운다. 우유나 음료수, 과자 등속은 새 물건을 맨 아래나 제일 뒤칸에 넣고 먼저 들어온 물건을 앞으로 내놓는다. 음식물은 유통기한을 엄격히 지켜야 한다. 바코드 처리를 하고 음식물 쓰레기로 폐기할 것은 종량제 봉투에 넣어두고, 유제품이나 음료, 스낵 같은 것들은 반품 처리를 위해서 따로 분류하여 매장 창고에 보관해둔다.

오늘은 뭘 먹을까? 투 플러스 원 상품 중에 음료를 끼워팔기 하는 것들이 몇 종 있어서 나는 음료수부터 골랐다. 손님이 본 상품만 가져가고 음료는 두고 간 것들이다. 바나나우유, 딸기우유, 초코우유, 보리차 등에서 옥수수수수염차를 골랐다. 오늘은 특별히 배가 고프니까 소시지와 돈가스와 어묵 등이 푸짐한 칠 찬 도시락을 먹어야겠다. 도시락을 전자레인지에 넣고 돌린다. 오늘의 첫 끼니이자 저녁밥을 밤 열시가 넘어서 먹는다. 삼각김밥 중에서 고추장 참치볶음과 김치볶음이 들어간 걸로 네 개를 비닐봉지에 싸서 냉장칸에 놓아둔다. 이건 내일 아침 집에 돌아가서 먹을 작정이다. 이런 식으로 끼니를 때우는 것이 건강에 해로울 게 뻔하지만 생활비를 아끼려면 별도리가 없다. 시급은 싸지만 이런 점이 편의점 알바의 이점이기도 하다.

배고픈 김에 허겁지겁 먹고 나니 이내 졸음이 밀려온다. 요즘엔 나와 별다를 게 없는 고단한 젊은이들이 심야시간에 칼 들고 들어와 강도짓을 벌인다고 한다. 여긴 중간 규모의 편의점이라 현금인출기나 시시티브이는 설치되어 있지 않다. 그 대신 아저씨가 카운터 아래 버튼을 누르면 불빛이 번쩍이면서 요란한 비상 경적이 울리도록 해두었고 몇 번 시험도 거쳤다. 차량에 부착하는 것과 같다고 그랬다. 담배나 술, 음료, 스낵이나 컵라면을 찾는 야참 손님이 가끔씩 드나들다가 두시 무렵부터 뜸해진다. 두시에서 세시 사이에 물건을 배달하는 차가 돌아다닌다. 시간은 언제나 똑같은데 세시 가까이 되어 이 편의점에 도착한다.

나는 아저씨가 컴퓨터에 올린 청구 품목을 확인한다. 카운터 앞에 앉아서 졸다가 깨다가 하다보면 배달차가 도착해서 새 물건이 들어오고 음료수와 주류와 과자, 도시락 등속을 매대의 제자리에 채운다. 이제는 청소시간이다. 바닥을 쓸고 걸레질하고 입구 좌우에 있는 철제 의자와 탁자를 물청소해둔다. 쓰레기는 정리해서 길가의 쓰레기 모으는 장소에 내다놓는다. 새벽 네시에 쓰레기차가 온다. 쓰레기차가 지나가고 나면 한 시간 반쯤 다시 졸 수 있다. 이렇듯 일하면서 잠깐씩 자는 쪽잠이 달콤할 때도 있지만, 유난히 허리 좀 펴고 아무데나 드러누웠으면 싶은 날이 있다. 오늘이 그런 날이다. 하루가 이렇게 지나간다.

언제나 지나간 시간을 생각해보면 특별히 기억나는 게 없이 그저 희미하다. 젠장, 어쩌다가 이렇게 나이를 먹은 거야. 유명한 극작가나 연출가가 되면 그때는 사는 게 좀 나아질까. 선배들을 보면 딱히 나아지는 것 같지도 않고 막막해 보이기는 마찬가지더라. 결혼은…… 가끔 상상해본 적도 있지만 내가 어떤 남자의 아내가 된다는 일은 언젠가 나도 애완동물을 키워보겠다는 작은 소망을 이루기 어려운 것만큼이나 불가능한 노릇 같다. 끊임없이 애착하고 신경쓰고 걱정하고 챙겨주어야 하며 배려해주고 곁에 있어야 하고 미워하고 귀찮아하다가 예뻐하고 쓰다듬고 그리고 다시 내다버릴 수도 없게 되어 애착하고. 그렇게 개나 고양이와 함께 사는 내 또래의 친구들을 보면 답답했다. 친구가 휴가 가느라고 내게 열흘 동안 맡겼던 몰

티즈 종의 하얀 개가 예쁘기는 했지만 고것의 돌보는 이에 대한 집착과 눈치보는 태도가 끔찍했었다. 그런 짓 안 해, 절대로 안 할 거야. 남자 따위도 이젠 부담스럽다.

나에게 추억할 만한 연애 사건이라도 있었던가? 추억할 만한 사건인지 어떤지는 모르겠지만 한 두어 명 지나가기는 했다. 처음 만난 애는 대학 동기였는데 미술 쪽이었다. 우리 둘 다 철딱서니가 없었지만 그 녀석은 나보다 더했다. 그애는 학교 앞 원룸에서 자취를 했는데 내가 사학년 때 갈 곳이 없어져서 녀석의 방으로 들어가 살았다. 아버지 작고 후에 삼촌이 겨우 등록금만 보태줄 때였다. 얼마쯤 후부터 녀석이 자꾸 결혼을 하자고 했다. 그의 집안은 지방에서 중산층 정도로 사는 모양이었지만 아주 부자는 아니었다. 어쩌자고 자꾸만 저희 집에 가서 부모님께 인사 올리자고 보챘다. 내가 스스로 딸 둔 아버지 입장이 되어 그에게 물었다. 앞으로 어떻게 살 건가? 네, 좋은 그림만 보며 살고 싶습니다. 허허, 나는 그야말로 하늘을 바라보며 웃었다. 직업은? 네, 예술을 하니까 자유업인 셈이지요. 우리 사회에서 예술이 직업이 될 수 있다고? 떼끼놈! 살 집은 어떻게 할 건가? 원룸에 사는데요, 둘 이상이 되어 불편해지면 이사할 겁니다. 저는 옥탑방이 좋던데요. 옥탑방에서 내 딸과 손자를 데리고 산다고? 다신 우리 딸 만나지 말라고, 너는 대번에 퇴짜라고 으름장을 놓았다. 학교를 졸업하고 나는 극단에 들어갔고 그는 나보다는 집안 형편이 나아서 대학원에 진학했다. 얼마 전에 우연히 거리에서 부딪쳤는데, 어느 미술 화랑의 큐레이터를 한다나 뭐라나. 신통찮기는 연극판이나 그쪽이나 피차 마차 역마차다. 그와 나의 관계는 연애라기보다는 무슨 게임이나 놀이 같은 것이었다.

그리고 출판사 시절에 두번째 남자를 만났다. 기자였는데 나보다 서너 살 위였다. 그가 착실했는지 아니면 부모가 도와주었는지 이십 평대의 아파트도 장만해두고 있었다. 그가 살인 사건이나 정치인의 부정 따위를 파헤치는 정의감으로 가득한 저널리스트이기를 바란 건 아니었다. 그는 좋은 대학도 나왔고 그야말로 넥타이 매고 번듯한 사무실에 출근하는 정상적인 월급쟁이였다. 언젠가 약속시간을 한 시간 반이나 넘겨서 나타났는데, 물론 그사이에 십여 분에 한 번씩 휴대전화로 문자가 왔지만, 어디서 오느냐고 물었더니 이혼 직전의 영화배우 집 앞에서 뻗치기를 하다가 왔다는 것이었다. 그는 여배우의 남편에 대하여 말했고 다시 그녀의 새 애인에 대하여 말했다. 그게 그의 일이었다. 그는 그러다가도 사뮈엘 베케트니 베르톨트 브레히트니 하면서 연극에 대해서 아는 척했다. 그러고는 다시 도박 혐의로 몰리게 된 가수를 잡으러 그가 잘 가는 단골집을 뒤지고 다녔다. 그는 그런 식으로 특종을 몇 건 해냈다. 내 쪽에서 싫증이 났다. 나는 그에게 두어 번 바람을 놓았고 그가 전화로 빈정대는 말을 내게 잔뜩 퍼붓고 나서 연락이 끊겼다. 나는 그의 전화번호를 삭제했다.

그러고는 검은 셔츠를 만났다. 그의 이름은 김민우. 그는 나보다 세 살 위였고 나와 비슷한 처지였지만 나하고는 달랐다. 그는 조건이 나빠질수록 삶에 치열해지는 것 같았다. 언제나 뛰어나갈 자세로 총기 청소도 실탄 장전도 모두 끝낸 병사처럼 멀리 사선을 내다보고 있는 것 같았다.

3

나의 아버지는 격변의 시대였던 육십년대에 영산읍사무소 서기직에서 잘렸다. 무허가 건물을 지은 자에게서 뇌물을 받았다는 거였는데, 우리 식구에게 어떤 도움이 되었던 건지는 알 수 없다. 다만 당시의 물정으로 미루어보건대 아마도 담배 한 보루 정도였을 것이다. 하긴 변변히 교육도 못 받고 독학자에 지나지 않았던 그로서는 거기까지가 한계였던 것 같다. 아버지는 읍내의 그 볼품없는 집을 팔고 외가에서 물려받은 논 다섯 마지기도 팔아서 가솔을 이끌고 서울로 올라왔다. 아버지는 이사하기 전에 두어 번 대구와 서울을 오르내렸다.

우리는 동대문 밖 산동네에 이삿짐을 풀었다. 시멘트 블록으로 지은 방 두 칸짜리 집을 사글세로 얻었다. 마당은 없었고 부엌 앞의 문을 밀면 바로 골목길이었다. 두 방의 창문도 모두 골목 쪽으로 뚫려 있었고 집의 뒤편은 다른 집의 벽이었다. 부엌의 문 옆에는 부모님과 나와 아우가 사용할 열쇠 두 벌이 걸려 있었는데 각각 두 개의 열쇠가 매달려 있었다. 하나는 집으로 들어오는 대문 열쇠고 다른 하나는 변소 열쇠였다. 길가에 옆집과 같이 쓰는 변소가 붙어 있었다. 변소에 가려면 벽에 걸린 열쇠를 갖고 밖으로 나가야 했다. 변소에서 볼일을 보는데 길에 사람이 지나가면 그의 숨소리가 바로 판자문 틈으로 들려올 정도였다. 어렸지만 변소를 드나들며 행인과 마주칠 때마다 부끄러웠다. 그러니 어른들은, 특히 어머니는 얼마나 불편했을까.

아버지가 서울로 올라오는 데 하나의 지푸라기라도 되었을 성싶은, 구청 앞에서 대서소를 하는 아버지의 고향 선배가 있었다. 그도 아버지처럼 이전에 시골의 말단 공무원이었다. 아버지는 대서소에 나가서 선배의 조수일을 했다. 그렇게 해서 벌어들인 돈으로는 간신히 자신의 소줏값에 식구들 반찬값이나 보탤 수 있을 정도였다.

어머니는 서울에 올라와서 비로소 자신의 엄청난 생활력을 발휘하기 시작했다. 동대문시장에 드나들더니 어떻게 경비들을 구워삶았는지 통로 가운데 자리를 잡고 행상을 시작했다.

메리야스니 양말, 속옷가지 들을 받아다 팔았다. 고등학교 일학년 때 우리집 형편은 다시 악화되었다. 아버지가 뇌졸중으로 쓰러진 것이다. 나중에 회복되기는 했지만 그는 돌아갈 때까지 왼쪽 다리를 제대로 쓰지 못했다. 악화되었다고는 해도 아버지 일만 뺀다면 사는 사정은 이제 숨을 좀 돌릴 수가 있게 되었다.

동대문 근처 산동네를 떠나 우리가 이사 간 달골은 지난번 동네보다도 형편이 더욱 안 좋은 곳이었다. 이전에 중랑천과 청계천변에서 살다가 쫓겨온 사람들과 길 건너 산동네가 포화 상태가 되고 나서 모여든 사람들로 아직 동네가 안정이 되지 못한 곳이었다. 공중수도가 골목 밖 비교적 너른 공터에 있었고, 변소가 없는 집도 많아서 큰길 쪽에 공중변소가 하나둘씩 있었다. 우리집은 방 두 칸에 툇마루 앞으로 길쭉하고 비좁은 마당이 있었는데, 블록 담 너머로 아랫집 지붕과 아랫동네와 멀리 번화가까지 내려다보이는, 위치가 썩 괜찮은 집이었다. 그뿐 아니라 무엇보다도 집안에 변소가 있었다. 지대가 높아 수도는 내가 고등학교를 졸업하던 무렵에야 들어왔다. 비록 유리창 대신 널빤지 문이 달린 초라한 집이었으나 어머니가 용단을 내려 빚까지 지고 얻었던 전셋집이었다.

어머니는 큰길에서 들어오는 초입에 형성된 달골시장에 노점 좌판 권리를 얻어냈다. 어머니는 속옷가지가 이런 산동네 시장에서는 별 재미가 없다는 것도 알았다. 오히려 먹거리 장사가 낫고 그중에서도 궂은일인 어물전이 쏠쏠하다고 했다. 어머니는 처음에는 동대문 수산시장에서 도매가로 해산물을 떼어다 팔았다. 고작해야 고등어, 꽁치, 갈치, 동태 몇 상자를 떼어다 비좁은 좌판에 늘어놓고 손님이 오면 손질하여 팔았다. 식구들이 아직도 깊이 잠들어 있는 새벽에 어머니는 물건을 떼어 오려고 일찍 일어났다. 달골시장이 활성화되면서 상인들이 추렴하여 전용 화물트럭을 쓰면서부터 물건도 많아지고 고생도 덜게 되었다. 그맘때부터 아버지도 어머니를 본격적으로 거들었다.

평생을 펜대나 굴리고 살던 아버지가 몸까지 불편해졌으니 어머니의 생선장사에 도움이 되리라고는 누구도 생각하지 못했다. 그런데 아버지는 어머니가 팔다 남은 생선으로 어묵을 튀겨 팔았다. 길 건너 두붓집에서 날마다 나오는 비지를 얻어다 갈아놓은 생선살에 전분과 함께 버무려 어묵을 만들면 밀가루를 섞은 어묵보다 고소하고 영양가도 높았다. 일대의 산동네 사람들 중에 우리 어묵을 먹지 않은 이가 없을 정도였다. 아버지는 나름대로 연구를 해서 여러 가지 종류의 맛있는 어묵을 개발해냈고, 재료가 떨어져서 일찍 문을 닫는 날도 많았다. 생선장사에서 자연스럽게 어묵장사로 전업했다. 아무튼 아버지와 어머니는 그후 십여 년 동안 달골시장에서 살림을 일궈냈다. 전셋집을 우리집으로 만들었고 버젓한 점포도 사고 우리 형제를 대학까지 보냈다. 그래봤자 중산층 동네의 집 한 채 값에도 못 미치는 재산을 만들었을 테지만.

내가 대학에 들어가서까지 부모의 신세를 졌던 건 아니다. 나는 서울에 올라온 뒤에 공부 하나는 열심히 했다. 그것밖에 달리 할 수 있는 일이 없었기 때문이기도 했고, 어떻게든 이런 곳에서 벗어나야겠다는 굳은 결심이 있었다. 다행히 일류 대학에 입학했던 나는 동급생 몇 명과 과외를 하다가 아예 입주 가정교사로 집에서 빠져나올 수가 있었다. 군에 갔다 와서도 밖에서 살았고, 나중에 유학을 갔으니 고등학교 무렵까지만 나는 가족의 일원이었던 셈이다.

내가 재명이 형을 처음 만난 게 언제였더라. 이사 간 지 몇 달 안 되는 고등학교 일학년 여름방학 때였을 것이다. 삼거리 큰길에서 비탈길로 올라오는 우리 동네의 중앙로 어귀에 시장이 있었고 그 길을 따라서 양쪽으로 수많은 골목길들이 뻗어나갔다. 골목길만 있던 게 아니라 가끔씩은 이차선의 시멘트 도로가 이어진 사거리가 있었는데, 그런 모퉁이들은 제법 넓어서 공중수도가 있거나 공중변소 또는 구멍가게가 자리잡고 있었다. 우리집은 그런 세번째 네거리의 오른편 골목 안에 있었다. 우리집으로 들어오는 네거리 아래편에 좌우로 좁은 골목길이 있었는데, 재명이 형네 집은 그 길의 끝에 있었다. 끝집이라고는 해도 막다른 골목이 아니라 그쪽은 위로 오르는 다른 좁은 골목 비탈길이 나 있었고, 산에서 나온 돌로 쌓은 계단이 이어져 있었다. 나는 재명이 형네 식구들을 알기 전까지는 그 골목 안으로 들어가볼 기회가 없었다. 보통은 시장에서 부모님 일을 거들다가 중앙로를 따라 공중수도와 공중변소 앞을 지나고 모퉁이의 담뱃가게를 지나 우리집 골목으로 휘어졌던 것이다.

저녁나절에 시장에 가보려고 터덜터덜 내려가다보면 꼭 아랫골목 어귀에 괴죄죄한 아이들 네댓 명이 모여 있었다. 그중 몇몇은 담배를 피우기도 했다. 그들 곁을 지나치다 어쩐지 뒤통수가 땅겨서 힐끔 돌아보기도 했다. 담배를 피우던 아이가 뭘 봐 인마, 하는 적도 있었고, 어느 날엔 누군가 내 학생모를 벗겨갔다.

모자 주세요.

너 돈 있냐?

모자 달라구.

어쭈, 이 새끼 눈깔 봐라.

골목 안쪽 어둠 속에서 누군가 새된 목소리로 야야, 모자 줘라, 하면서 앞으로 나왔는데 그애들 말대로 하자면 키가 좆만했다. 내가 아래로 내려다볼 정도로 작은, 땅딸막한 아이였다. 그가 모자를 빼앗아 내게 내밀면서 말했다. 언제 나하구 맞짱 한번 뜨자. 나는 아무 대답 없이 모자를 받아 쓰고 돌아섰다. 그 녀석이 재명이 형 바로 아랫동생 째깐이였다. 이름이 재근이였지만 형제들 중 막내에다 키가 작아서 호남 사투리인 째깐이라는 별명이 붙었다. 그애들은 재명이 형 밑에서 구두닦이를 하던 아이들이었는데 다 모으면 열 명이 넘었다.

여름 저녁의 산동네는 온 동네 사람들이 모두 길가로 몰려나와 어른들은 어른들대로 몇몇씩 모여서 술내기 장기를 두거나 여자들은 골목 앞에서 허벅지를 까고 둘러앉아 깔깔대며 수다를 떨고, 아이들은 도둑놈잡기라든가 '무궁화꽃이 피었습니다' 술래잡기를 하면서 시끌벅적했다. 어중간한 나 같은 또래의 십대들은 패를 지어 산동네 아래로 내려가든가, 아니면 정상에 올라가 바람을 쐬든가 했다. 우리집에서 언덕 꼭대기까지는 가까워서 중앙로의 막다른 길에서 오른쪽으로 돌아 오솔길을 올라가면 살아남은 나무 몇 그루와 풀이 우거진 정상이 나왔다. 위에서 내려다보면 맞은편의 다른 산동네가 보였고, 하늘 속에 집집의 창문에서 비치는 불빛들이 점점이 반짝였다. 북한산이 보이고 고개 너머 번화가의 벌건 불빛이 하늘 멀리까지 퍼져 있었다. 정상에는 바위 몇 개가 있고 그 아래 공터가 있었다.

하루는 그곳에 아이들이 모여 있었고 어른도 몇 명 있었는데 무슨 닭싸움이라도 하는지 응원과 격려의 말로 떠들썩했다. 나는 바위에 앉아서 그들의 놀이를 구경하기로 했다. 어디서 구해 왔는지 두 아이가 권투 글러브를 끼고 한판 붙는 중이었다.

그렇지! 숙이고, 들어가고, 빠지고. 얀마, 팔 쭉 뻗어. 잽, 잽, 어퍼! 그렇지!

한 아이가 크게 한 대 맞고 뒤로 나가떨어지자 심판 겸 코치를 하던 청년이 그들의 시합을 중단시켰다.

야, 너 일루 와봐.

방금 이긴 쪽의 아이가 내게 말했다. 그는 며칠 전에 골목에서 나에게 맞짱 한번 뜨자고 했던 녀석이었다. 청년이 내게 말을 걸었다.

어야, 니가 웃골목에 이사 온 학생이여? 함 붙어볼래?

나는 내키지 않았지만 꽁무니를 빼기도 싫어서 멋쩍게 그들에게로 내려갔다. 청년이 나를 알은체한 것에 어쩐지 우쭐한 기분이 들었다. 나는 원래 싸움꾼은 아니었지만 시골에서 처음으로 동대문 밖 산동네로 이사 온 뒤에 중학교를 다니면서 온갖 놈들에게 시달렸다. 당시 국민학교만 해도 한 학년이 보통 이십 반이 넘었고 오전 오후 등교의 이부제였다. 중학교는 그보다는 덜했지만 거의 십여 반이나 되었고 한 반에 칠팔십 명이 넘었다. 나는 처음에 촌놈 취급당하면서 터득한 게 있었다. 누가 건드리거나 억누르려고 하면 절대로 밀려서는 안 된다는 것이었다. 힘에 부쳐도 오히려 상대가 포기할 때까지 날마다 대들어야 한다. 그 누구도 넘어지는 자를 동정하지 않는다. 오늘 졌으면 내일 하굣길에서, 모레는 그의 집 앞에서 기다렸다가 상대가 그만두자고 할 때까지 붙어보는 것이다. 그 녀석이 그만두자거나 잘못했다고 할 때까지 멈추어서는 안 된다. 집에 가봤자 아버지도 어머니도 입술이 터졌건 코가 비뚤어졌건 돌아보지도 않는다. 어린 아우를 돌봐야 할지언정 누구에게 나 좀 도와달라고 할 상대도 없다. 그래서 나는 뒤로 빼지 않고 째깐이의 도전을 받아들였다. 물러나면 이 동네에서 얼마나 많은 날들을 힘들게 보내야 할지 잘 알기 때문이었다.

벌써 한 번의 승리를 맛본 째깐이가 글러브를 낀 채 주먹을 탕탕 부딪쳐 보이면서 폼을 잡고 있는 동안 나는 두 손을 얌전하게 내밀고 청년이 내민 글러브를 끼었다. 난생처음 글러브를 끼고 엉거주춤 섰는데 청년이 우리의 등을 두드렸다. 시이작! 하자마자 눈앞이 번쩍했다. 나중에 좀 배우면서 알게 되었지만 스트레이트 잽이었다. 나도 맞짱은 여러 번 붙어보았기 때문에 고개를 숙이고 두 주먹을 쳐들고 움직이기 시작했다. 내가 때리면 상대는 요리조리 잘도 피했고 그러면서 잽이 들어왔다. 몇 번 더 맞았다. 화가 나면 지는 거다, 라고 속으로 중얼거리며 입을 앙다물었다. 어느 틈에 정통으로 맞고 휘청거리는데 코피가 흘러내렸다. 다시 들어오는 것을 허리를 숙이고 파고들어 위를 향해 올려쳤다. 글러브에 묵직한 느낌이 전해왔다. 녀석이 뒤로 발라당 나자빠졌다. 그렇지만 째깐이는 얼른 일어나 몇 번 제자리뛰음을 하고 나서 다가섰다.

아야, 그만해라이.

청년이 우리를 떼어놓았다. 그사이에도 코피가 계속 흘러내려 러닝셔츠 앞자락이 붉게 물들었다. 피가 많이 나네. 중얼거리고 나서 청년이 목에 감고 있던 수건으로 내 얼굴을 닦아주었다. 쉰 듯한 땀냄새가 고약했다.

인자 일 회전인디 왜 말려?

째깐이가 씨근거렸고 청년이 말했다.

안마, 이건 무승부여. 니는 다운됐고 야는 부상이다.

째깐이도 내 코피 때문에 체면은 세웠다는 판단에선지 더이상 투덜대지 않고 글러브를 벗었다. 청년이 말했다.

집에 가면 운동하다 그랬다고 해라이. 그란디 전에 권투 쫌 해봤냐?

나는 처음이라고 대답했다.

어퍼가 심상치 않든디? 소질 있더만. 니 이름이 뭐냐?

박민우요.

나는 재명이다, 형이라구 불러라. 어야 재근아, 야 이름이 민우란다. 민우하구 악수혀라.

우리는 멋쩍게 악수했다.

나는 재명이 형의 처리에 깊은 감명을 받았다. 둘의 자존심을 건드리지 않으면서 나를 자연스럽게 한동네 아이로 받아주었기 때문이다.

고등학교 이학년 때까지 나는 재명이 형제들에 깊숙이 빠져 지냈다. 재명이 형은 당시에 스무 살쯤이었는데 그가 둘째아들이었다. 맨 위에 재섭이 형이 맏아들이고 나이는 스물둘 정도 되었을 것이다. 재섭이 형은 몇 달에 한 번씩 산동네 집에 찾아와서 열흘이나 한 달가량 머물다가 사라지곤 했다. 나보다 한 살 위인 재근이는 셋째였다. 남자 형제들 중에서는 째깐이가 막내였지만 진짜 막내는 고명딸이었던 묘순이였다. 묘순이는 나보다 두세 살 아래였다.

그들 집에는 아버지가 없었다. 따라서 집안의 가장 노릇을 재명이 형이 감당하고 있었다. 집안 살림은 엄마와 묘순이가 맡았고 재명이 형은 삼거리 지나서 현대극장 앞과 생고깃집 만석회관 뒷골목, 그리고 고향다방 앞에서 구두닦이 터를 관리하고 있었다. 그들 형제 모두가 하나같이 국민학교를 몇 년 다니다 말았다. 국삼, 국사, 국오 퇴라고 째깐이가 자랑스럽게 말했다. 국오 퇴가 누구냐고 물었더니 역시 머리 좋은 재명이 형이 몇 년 더 다녔다고 그랬다. 농사꾼이었던 그들의 아버지는 전라도에서 올라오자마자 돌아가셨지만 살아 있었다 해도 형제들을 모두 학교에 보낼 능력은 없었을 거라고도 했다.

나는 여름방학 내내 일주일에 두세 번씩 저녁마다 동네 뒷산 정상에 올라갔다. 재명이 형한테서 권투를 좀 배워보기로 작정했던 것이다. 그는 발을 앞뒤로 엇비스듬히 놓고 두 다리를 엇갈려 힘의 중심을 바꾸는 동작과, 고개를 숙이고 두 주먹과 팔꿈치로 턱과 얼굴 그리고 옆구리와 배를 방어하면서 번갈아 주먹 뻗기, 올려치기, 휘둘러 치기, 곧바로 치기 등을 가르쳐주었다. 도장이 아니라서 샌드백 따위는 없었지만 줄넘기와 제자리뛰기 따위로 호흡과 순발력과 허리힘을 키우는 훈련을 했다.

재명이 형은 국민학교를 그만둔 뒤에 종로에서 남의 구두터에 들어가 찍새부터 딱새와 광새까지 올라갔고, '자신을 지키기 위해' 운동을 시작했다. 그는 실제로 싸움을 해보면 배운 대로 다 써먹는 게 아니라는 점을 눈치챘고, 다양한 기술을 연마하기 위해 합기도 도장 반년, 유도 도장 서너 달, 그리고 복싱체육관에 일 년쯤 다녔다. 그래서 막상 붙었을 때 저마다 다른 상대의 싸움 습관을 대번에 알아차리게 되었다. 무술 몇 단짜리도 대소 수십 전을 치른 경험 많은 싸움꾼한테는 못 당한다고 재명이 형은 늘 말했다. 체육관장이 재명이 형의 권투 소질을 알아보고 선수로 데뷔시키려고 맹훈련을 시켰던 때도 있었다.

근데 왜 그만뒀어요?

내가 물었더니 재명이 형이 픽 웃고는 말했다.

섭섭이 형이 그때 빵에 들어갔지. 식구들은 누가 멕여살리겄냐?

섭섭이 형이란 맏아들 재섭이의 별명이다. 그래서 나는 재섭이 형이 빵잽이 출신임을 알게 되었다. 재섭이 형은 도둑이었다. 그는 몇 달 만에 집에 돌아오면 형제들만 자는 비좁은 방에 전축이니 텔레비전 같은 장물을 들여놓고 한동안 요란을 떨다가 팔아버리고 사라졌다. 요즈음은 회사가 좀더 안전하고 수입도 낫다고 하여 그는 기술을 배워 입사했다. 재섭이 형이 무슨 학력이 있어서 일반 회사에 들어갔을 리는 없고, 소매치기 팀을 회사라고 그런다고 재명이 형이 설명해주었다.

어깨 힘 빼고 팔도 풀어주고, 들어가면서 파팍 때릴 때 힘이 들어가야 헌다, 잉? 그란디 코치가 뭔 씹이라나 툭허믄 어그래씹, 어그래씹 해싸턴디, 니는 영어 배웠은께 잘 알겄지야?

처음엔 무슨 소린가 했다가 그의 발음에 가까운 영어 단어가 어그레시브이며 공격적인, 적극적인 등의 뜻을 가진 형용사라는 걸 이내 알아냈다.

처음으로 째깐이를 따라서 그의 집에 갔을 때 나는 좀 놀랐다. 산동네의 집들이 모두 그렇듯이 구멍이 숭숭 뚫린 블록 벽에 시멘트를 바른 집이었지만 우리집보다 두 배나 큰 집이었다. 비록 마당도 없이 길가에 붙은 집이고 변소도 없었지만 나란히 붙은 작은 집 두 채를 벽을 터서 한 집으로 만든 것이 제법 번듯해 보였다. 큰방 하나에 작은방 둘에다 가운데 널찍한 마루까지 있었다. 마루 건너편 큰방에서는 구두닦이 아이들 십여 명이 합숙을 했고, 어머니와 묘순이가 부엌 옆방을 쓰고 작은방에 재명이 형과 째깐이가 잤다. 마루 뒤편으로는 뒷집 축대가 보이고 지붕 처마가 내려와서 어두컴컴했는데 큰 물동이가 놓여 있었다. 아이들이 번갈아 당번이 되어 공동수도에서 물을 받아다 그 독에 채워두고 세수도 하고 손발을 씻었다.

식사시간이 되자 마루에 판자로 엮은 기다란 상이 놓였고,

재명이 형이 앉자 양쪽으로 아이들이 둘러앉았다. 나는 재명이 형 맞은편에 앉았고 째깐이는 형 옆에 앉았다. 어머니가 부엌에서 큰솥에 끓인 수제비를 한 그릇씩 떠주면 묘순이가 상 위에 차례로 날라다주었다. 어머니와 묘순이가 상 끝자리에 앉으면 식사 시작이었다. 수제비는 묽게 반죽한 밀가루를 주걱으로 떠서 젓가락을 눕혀 뚝뚝 떼어넣은 것이어서 먹다보면 질척한 게 이내 퉁퉁 불어 그냥 밀가루죽을 먹는 것 같았다. 밀가루가 하급품이었는지 누런색이었고, 국물도 멸치 육수가 아닌 맹물에 간장을 풀고 호박이나 좀 썰어넣는 것으로 수제비 행색을 겨우 갖췄다. 그런데 재명이 형 앞에만 새하얀 쌀밥 한 그릇이 놓였다. 어머니도 묘순이도 째깐이까지도 모두 수제비였는데 재명이 형에게만 쌀밥을 주었다. 반찬은 제대로 숨도 죽지 않은 푸른 배춧잎사귀에 고춧가루를 대충 뿌린 짜디짠 겉절이가 전부였다. 재명이 형이 숟가락을 들고 망설이다가 내게로 내밀며 말했다.

오늘은 니가 손님인께 바꿔 먹으까?

말이 끝나자마자 아이들의 날카로운 시선이 일제히 내게로 쏠렸다. 나는 그야말로 머리끝이 쭈뼛 서는 느낌이었다.

아니, 전 수제비 좋아해요.

내가 말하자 재명이 형이 밥을 한 숟가락 퍼먹었고 그제야 모두의 시선이 제 몫의 수제비 그릇으로 되돌아갔다. 쌀밥은 오직 식구들의 생계를 책임진 가장에게만 그 엄숙한 권리가 있었다. 나는 그 장면을 지금도 잊지 못한다.

우리 가게에서 어묵을 튀기다가 잘못되어 찢어지거나 귀퉁이가 이지러진 것이 나오면 아버지는 집게로 집어서 작업대 한쪽에 던져놓았다. 아버지가 어묵 반죽을 만들어놓으면 일하는 누나들 두 명이 널찍한 기름솥 옆의 작업대에서 네모난 틀에 어묵반죽을 적당량 덜어내어 모양을 떠서 기름 속으로 가볍게 던져넣곤 했는데, 그 동작이 날렵하고 기계적이었다. 잘 익어서 기름 위로 떠오른 갈색 어묵을 아버지가 건져내어 상품 가치가 있는 것은 왼편으로, 찢어진 것은 오른편 가장자리로 던지면, 한쪽에서 개수를 헤아려 가지런히 쌓거나 주문량에 맞춰 박스에 담고 한편으로는 일일이 손님을 상대하는 게 어머니의 일이었다. 기름솥에서 나온 어묵을 식히기 위해 커다란 선풍기가 하루종일 요란한 소리를 내면서 돌아갔다.

동생과 나는 학교에서 돌아오면 약간씩 찢겨서 한쪽으로 던져진 따끈한 어묵으로 시장기를 달랬다. 어느 정도 배가 차면 우리는 기름이 번들거리는 주둥이를 하고 서로를 손가락질하며 낄낄거렸다. 어머니가 하루종일 모아둔 찢어진 어묵을 한 뭉치씩 싸주면 평소에 신세를 졌거나 앞으로 잘 지내야 할 집들을 번갈아 돌면서 나눠주는 것이 동생과 나의 임무이기도 했다. 우리집과 시장 사람들에게 공동수도 물을 받아다주고 수고비를 받는 할아버지네 쪽방이라든가 미화원 대기소, 방범초소 등도 챙겨야 할 곳들이었다. 가끔씩은 재명이 형네 집에도 갖다주었는데, 그날은 구두닦이 아이들에게 잔칫날이 되었다. 우리 형제는 그 덕에 얼마 안 가서 동네에서 유력한 처지가 되었다. 어른들이 먼저 어디 가냐, 학교에 다녀왔냐, 말을 건넸고 저녁을 준비할 무렵에 우리 형제 중 하나가 집 앞에 나타나면 그 집 아낙은 우리 덕에 저녁 찬거리 걱정을 덜었다며 함박웃음을 머금고 반기는 것이었다.

아버지는 짬날 때면 주변 상인들의 관청 서류를 써주거나, 소문을 듣고 찾아 내려온 동네 사람들의 서류를 대신 작성해주기도 했다. 나중에 알았지만 동네 사람들이 부르던 우리집의 별호는 '어묵집'이 아니라 '학생집'이었다. 무엇보다도 나는 동네에서 두 명밖에 없는 고등학교 학생이었다. 나 말고 다른 하나는 여고생이었는데, 국숫집 딸 차순아였다.

그때는 쌀이 모자랐는지 정부에서도 혼분식을 권장하여 학교에서는 점심시간마다 도시락 검사를 했고, 흰쌀밥을 싸오는 놈은 손바닥을 맞기까지 했다. 악수표라고 미국에서 원조받은 밀가루가 처음에는 동회에서 배급으로 나오기도 하다가 시장으로 흘러나왔다. 집집마다 점심은 수제비나 칼국수였고, 특히 가늘게 기계로 뽑은 국수는 몇 번 씹지도 않았는데 목구멍으로 미끄러지듯 넘어갔다. 이런 국수는 예전부터 특별한 날에만 먹었다고 잔치국수였지만, 국물에 말든 양념하여 비비든 온 식구들이 별식이라고 좋아했다. 더군다나 멸치 육수에 어묵까지 썰어넣고 국수를 끓이면 아이들에게는 명절이 따로 없었다. 우리 형제는 좀 지겹기도 했지만 어묵은 생선살 튀김이라 고기를 대신하기에 충분했다. 어묵과 국수는 산동네 사람들이 가장 좋아하는 먹을거리이기도 했다. 중앙로 세번째 네거리에 우리집으로 들어오는 골목이 있었고, 그 아래가 재명이 형네로 들어가는 골목이었는데, 바로 그 아래 공동수도가 있는 첫번째 네거리의 왼쪽 모퉁이가 바로 순아네 국숫집이었다.

우리가 어묵을 만들어 팔기 시작한 지 얼마 안 되었을 때니 아마도 고등학교 이학년 가을쯤이었을 것이다. 어머니가 자투리 어묵을 신문지에 싸주면서 국숫집에 갖다주라고 했다. 나는 공연히 가슴이 뛰었다. 나는 순아를 잘 알고 있었고 통학길에도 몇 번이나 부딪쳤다. 우리 동네에 사는 십대 아이들치고 그녀를 모른다면 새로 이사 왔거나 좀 모자라는 녀석일 거였다. 더구나 그녀는 산동네 사람들이 물을 받으러 모여드는 공중수도 바로 앞에 있는 국숫집 딸이 아니던가. 아침마다 하얀 칼라를 빳빳이 다려 입은 교복 차림의 여학생이 양 갈래로 땋아 늘인 머리를 하고 달골시장 큰길을 지나 버스정류장까지 내려가는 모습은 어쩐지 난장판 속에 던져진 한 마리 학처럼 보였다. 무엇보다도 그녀는 멀리서도 눈에 확 띄는 미인이었다. 오뚝한 코에 눈이 크고 새하얀 얼굴이며 표정은 늘 새치름했다. 웃는 얼굴이 예쁘다지만 실은 여자가 좀 새침하고 차가워 보여서 어딘가 범접할 수 없는 느낌이 들어야 더욱 사내자식들의 애를 태우기 마련이다. 그것은 째깐이의 평이자 재명이 형의 견해였고 내 느낌도 비슷했다. 우리는 서로 내색은 하지 않았지만 모두 순아를 좋아했던 것이다.

어묵을 싸들고 조금 흥분해서 부지런히 공동수도 쪽으로 올라가던 나는 차츰 걸음이 느려졌다. 어쩐지 신문지에 싼 어묵이 부끄러워지기 시작했다. 그리고 종이 위로 배어나온 기름 얼룩을 수돗가의 누군가가 알아볼 것만 같았다. 겨우 어묵 자투리를 갖다주란 거야? 나는 열패감에 젖어서 중얼거렸다. 어쨌든 그 집 앞에 당도했는데 '국수'라는 네모난 간판이 붙었고 유리창 달린 격자문에는 '국수 팝니다'라고 얌전하게 쓴 종이가 붙어 있었다. 아마 저 글씨도 그녀가 쓴 게 분명하다고 나는 생각했다.

유리문을 열면 방 두 칸을 터서 국수 뽑는 기계를 들여놓았는데 바퀴마다 피댓줄이 연결되어 돌아갔다. 큰길 쪽의 마당에 담장 높이로 올린 건조대 위에는 늘 국숫발이 빨래처럼 널려 있었다. 나는 공동수도 앞을 지나다 그 집 식구들이 국숫발을 쳐들고 건조대 위로 오르내리는 걸 보기도 했다. 문을 열자마자 오른쪽 좌판에 종이에 싼 마른국수 뭉치가 쌓여 있었다. 나는 이전에도 몇 번 그 국수 뭉치를 사러 갔던 적이 있었다.

문을 열고 들어섰지만 아무도 보이지 않았다. 누구 안 계세요? 하는데 안쪽의 방에서 그녀가 고개를 내밀었다. 그녀는 나를 보더니 알 듯 말 듯하게 고개를 까딱하며 인사를 했다. 그녀가 내게로 곧장 다가와 바로 옆에 서서 국수 뭉치를 집었다. 무슨 향긋한 냄새가 나는 것 같았다.

아니, 국수 사러 온 게 아니구요…… 이거요.

내가 내민 신문지에 싼 것을 그녀는 대번에 알아보았다.

아, 맛있겠네!

그녀가 나를 향해 가지런한 이를 드러내고 웃었다. 그 웃음 때문에 나는 묵직한 타격을 받은 것처럼 가슴이 아프고 답답해졌다.

잘 먹겠습니다.

그녀의 인사말에 대답 없이 얼른 돌아서는데 그녀가 말했다.

잠깐만요, 이거 갖구 가세요.

그녀는 국수 한 뭉치를 집어서 내게 내밀었다. 나는 얼결에 국수 뭉치를 받아가지고 나오자마자 후회했다. 그녀의 아버지나 어머니가 주는 게 아니라면 사양했어야 한다. 그런데 어떻게 마다할 수가 있나. 나는 국수 뭉치를 옆구리에 끼고 남이 볼세라 집까지 달려오면서 볼이 달아올랐다.

나에게 여고생이란 등하교의 버스 안이나 길에서 흔히 마주치는 애들이지만 산동네에 사는 학교에 다니지 못하는 아이들에게는 이를테면 오르지 못할 나무처럼 보였을 터였다. 언젠가 내가 교복 차림으로 재명이 형네 집에 들렀을 때 부엌에서 나오던 묘순이가 말했다.

어머, 깜짝야! 민우 오빠 멋있다. 교복 입은 거 첨 봤네. 영화에 나오는 동경제국대 학생 같애.

지금도 그 느낌이 생생하지만 나는 이들과 오랫동안 같이 어울려 살 수는 없겠다는 생각이 들었다. 그래서 속마음이야 어떻든 잘 대해주어야 한다고 생각했다. 그건 아마도 산 위에서 째깐이 형제와 구두닦이 아이들을 처음 만나던 때부터 정해진 내 태도였을 것이다.

재명이 형네 일터는 인근에서 가장 알짜배기여서 여럿이 탐을 냈다. 수완 좋고 머리 좋은 재명이 형은 구두터 관리를 잘 해나가고 있었다. 현대극장 쪽은 간판 그리는 부장과 영사기사를 큰삼촌 작은삼촌으로 모셨으며, 나중에는 그들을 통하여 사장과 권리금을 정했다. 자릿세를 전세금처럼 들이밀었다고 했다. 동네 건달들이 곳곳마다 있기 마련이지만 재명이 형은 초창기에 몇 차례 서열 싸움이 있고 나서 자연스럽게 인정을 받았다. 길 건너 삼거리파가 제일 세다고는 해도 재명이 형과는 모두 한 다리 건너 친구들이었고, 그들도 재명이 형을 무시하지 못했다.

두번째 구두터인 생고깃집 만석회관은 극장 옆 골목에 있었다. 재명이 형네 아이들이 당번을 정하여 식당 안팎의 청소를 담당해주었고, 잡상인이나 걸인들이 얼씬도 못하게 지켜주어서 자연스럽게 일터를 맡게 되었다. 고향다방은 달골시장으로 들어오는 초입에 있는 삼층 건물의 일층에 있었는데, 목도 좋고 통행인이 많은 데라 언제나 손님들로 북적였다. 그런데 바로 큰길가여서 구두터를 정하기가 애매했다. 그래서 조금 떨어진 골목에 포장마차처럼 천막을 치고 일터를 만들었다. 재명이 형은 주로 현대극장 앞에 머물면서 만석회관까지를 담당했고, 고향다방 부근은 째깐이가 아이들 세 명을 데리고 나가 일을 했다. 나는 재명이 형 덕분에 현대극장에 괜찮은 영화가 들어오면 공짜 구경을 했다. 그가 입구에서 내 등을 밀면서 검표원 아저씨에게 고개만 끄덕여 보이면 무사통과였다.

어느 날 고향다방 부근에서 말썽이 생겼다. 째깐이가 딱새들과 일하고 있었는데 다방으로 구두를 찍으러 갔던 찍새 아이가 입술이 터져 돌아왔다. 못 보던 애들이 다방 출입문 옆에 의자 몇 개 갖다놓고 일을 하고 있더라는 것이었다. 찍새 아이는 다방 안으로 들어가보지도 못하고 입구에서 얻어터지기만 했다고 그랬다. 딱새 아이들이 씨근대며 몰려가려는 것을 째깐이가 말려놓고 혼자서 다방 앞으로 가보았다. 아이의 말대로 의자 두 개를 놓고 손님도 받고 다방에서 찍어온 구두 몇 켤레를 늘어놓고 세 녀석이 쭈그리고 앉아 닦고 있었다. 째깐이가 다가가서 말을 걸었다. 어디서 왔냐, 누가 여기서 일하라구 그러더냐, 여기는 우리 터다, 하는 식으로 구구하게 말하지 않고 대뜸 한마디했다.

누가 사람 팼냐?

그러자 키 작은 째깐이보다도 더 땅딸막한 놈이 이마에 주름이 깊게 팰 정도로 인상을 쓰면서 일어났다.

니들 인제부터 딴 데 가서 일해라. 여긴 우리 터니까.

째깐이는 하도 어이가 없어서 그냥 되물었다.

어째서 여기가 느이 터냐?

작은 놈이 당당하게 말했다.

우리는 건물주한테 허가받았다구.

째깐이는 픽 웃고 그냥 돌아섰다. 그는 재명이 형이 어떻게 상대방을 다루는지 잘 알고 있었기 때문에 바로 맞받아 대응하지 않았다.

재명이 형과 째깐이가 녀석을 파악하는 데는 하루도 걸리지 않았다. 녀석의 별명은 토막이고 나이는 째깐이보다 한 살 아래니까 나하고 동갑내기였다. 그는 두어 달 전에 윗동네인 응달진 산자락에 붙은 구역에 이사 왔다는데, 원래는 큰길 건너 산동네에서 살았기 때문에 삼거리파 아이들 중에도 아는 애들이 있었다. 토막이는 태권도 검정띠라고 했다. 그러고 보니 고향다방 건물 이층에 태권도장이 몇 달 전에 들어왔다. 사범은 재명이 형보다 서너 살 위의 청년으로 태권도 삼단이었다. 토막이는 그 도장에서 꼬마들을 지도하고 있었다. 그러니까 산동네 아이들 몇을 데려다 구두터를 잡고 부업을 벌일 모양이었다. 재명이 형은 대번에 결정을 내렸다.

까짓거, 고향다방 손 털어부러.

뭐야, 그럼 난 어쩌라고?

째깐이가 발끈했고, 나도 옆에서 듣다가 참견했다.

그거 안 좋죠. 밀려났다구 소문날 텐데요.

서둘러서 될 일이 아녀. 째깐이 니는 낼부터 삼거리 일대 점포나 댕기면서 구두 찍어와라.

우리는 불만을 가진 채로 입을 닫았다. 뒤에 아무런 반응이 없자 토막이는 대담해져서 째깐이네 구두터로 찾아와 딱새 아이들에게서 돈을 몇 푼 뜯어가기까지 했다. 째깐이가 드디어 재명이 형에게 분노를 터뜨렸다.

형, 쫄은 거여? 이런 욕을 당허고도 찍소리 못허면 우린 이 동네서 못 살어야.

달골에서 재명이 형을 넘볼 아이는 누구도 없었고 그러한 영향력으로 큰길가의 알짜배기 일터를 차지하고 있었다. 그런데 토막이가 나타나서 다른 세를 형성하게 되자 칠팔 명의 조무래기들이 그 주위에 모여들었다. 나는 동대문 밖과 달골에 살면서 수많은 산동네 아이들을 보았는데, 그들은 거의가 저 혼자 크는 아이들이었다. 학교도 진작 때려치우고 몇 명씩 몰려다니며 주택가로 행상이나 도둑질을 하러 다니거나 머리가 좀 크면 공장에도 들어가고, 하여튼 군대 갈 무렵엔 대부분 집을 떠났다.

때마침 재섭이 형이 몇 달 만에 집에 돌아왔고 그는 째깐이에게서 동네의 변한 분위기를 전해들었다. 재섭이 형은 아우가 일터에서 돌아오자마자 그간의 일을 따졌고 재명이 형이 변명했다.

말썽없이 지낼라구 그랬는디. 태권도장 사범이 만만치 않어서 지금 때만 보구 있잖여.

아야, 니가 누구냐, 섭섭이 동상 재명이 아녀? 합기도, 유도, 권투 다 배웠담서. 그래갖고 어디 밥이나 묵고 살겄냐? 낼 당장에 깽판쳐불자.

이튿날 두 형제는 머리 굵은 딱새 아이들 셋을 데리고 슬슬 달골시장으로 내려왔다. 고향다방 앞에 당도하니 토막이는 보이지 않았다. 구두닦이 아이들에게 어디 갔냐 물으니 위에서 초급반 지도중이라고 했다. 두 형제는 우르르 이층으로 올라갔다. 기합 소리를 내지르고 섰던 토막이를 무시하고 딱새 아이들이 꼬마들을 모두 밖으로 내쫓았다. 사범은 토막이에게 지도를 맡겨놓고 볼일 보러 출타중이었다.

너 이 새끼 잘 만났다.

재명이 형이 으르대자 토막이는 공격 자세를 취하면서 발 앞부리를 달싹거렸다.

정식으루 한번 붙어보자.

어쭈, 이 새끼 폼 잡는 거 보소.

재명이 형이 토막이의 발차기를 허리 숙여 피하면서 옆구리로 파고들어 파팍, 턱에 펀치를 두 번 날리자 녀석은 그대로 주저앉았다.

검정띠 좋아허네. 일어나, 이 좆만한 새끼.

하고는 멱살을 잡아 일으켜 훅으로 아랫배를 올려치자 토막이는 새우처럼 몸을 구부린 채 바닥에 뻗어서 허우적거렸다. 그동안 재섭이 형은 벽에 걸린 거울이며 액자 등속을 걷어서 바닥에 내동댕이쳐버렸다. 재명이 형은 토막이에게 경고했다.

너 이 새끼 애들한테 삥뜯었다지? 내가 지금까지 모른 척했다마는 인자 그냥 내비두지 않을 거이다. 니 집이 어딘가도 알고이, 니 아부지 일하러 댕기는 공사판도 안다. 치사하니께 고향다방 일터는 니가 해처묵어라. 거그서 한 발짝이라도 벗어난다 치면 개작살이 날 거여. 앞으루 알어서 잘혀.

깨어진 유리 조각 위에 웅크린 토막이를 남겨두고 형제는 밖으로 나왔다. 그들은 사범이 돌아오면 반드시 찾아올 거라고 예측하고 있었다.

달골 가운데 큰길을 따라 오르면 우리집 골목 앞 사거리를 지나 막다른 길이 되면서 좌우로 갈라진다. 좌우 어디로 올라가든 정상에 이르기 마련이었다. 그렇지만 끊긴 길 옆에 돌을 쌓아 계단을 만든 오솔길이 있어서 곧바로 올라갈 수가 있었다. 정상으로 더 올라가기 전에 누군가 밭을 만들었다가 버려진 공터가 있었다. 거기서 내려다보면 우리 동네 중앙통이 저 아래 시장까지 훤히 내려다보이고, 곳에 따라서는 샛골목과 안마당까지 보이는 집들도 있었다. 언덕 정상의 공터가 애어른 할 것 없이 모두 모여드는 곳이라면 이 밭 자리는 우리들만의 모임 장소였다. 아마 토막이도 그맘때에 우리가 어디에 모여 있을지 잘 알고 있을 터였다. 해가 뉘엿뉘엿 지고 있을 무렵에 망보던 아이가 그들이 올라온다고 말했다. 재섭이 형과 재명이 형은 장기판을 가운데 두고 앉았고 우리는 주위에 빙 둘러서 있었다. 오솔길로 먼저 오른 토막이가 뒤를 돌아보자 탄탄한 몸매의 사범이 앞으로 나섰다.

누가 그랬어? 언놈이 도장에 와서 기물 파손을 한 거냐구?

재섭이 형이 손짓을 하면서 말했다.

댁이 사범이요? 이리 좀 와서 앉아보슈.

재명이 형은 장기판 앞에서 슬쩍 일어나 비켜섰다. 우리가 둘러선 가운데로 사범은 서슴지 않고 걸어왔다. 재섭이 형이 그냥 장기판 앞에 앉은 채로 말했다.

한판 붙는 건 좋은데, 잠깐 내 야그 좀 들어보소.

사범은 곧 달려들듯이 얼굴을 붉히며 주먹을 부르쥐었다.

무슨 말이 많아, 이 새끼가.

사범이 가까이 다가서자 재섭이 형이 두 팔을 저으면서 둘러댔다.

아니 아니, 잠깐! 그러니까 말이여, 내 말 쪼깨 들어보드라고. 여그가 구두터라면 여그가 태권도장이여.
하면서 그는 장기알을 장기판에 탁탁 소리나게 내려놓았다. 사범이 저도 모르게 장기판을 들여다보기 위해 상체를 숙이는 순간 재섭이 형이 잽싸게 몸을 일으키며 앞으로 숙인 그의 얼굴을 무릎으로 올려찼다. 퍽, 하는 소리가 들리고 급소를 맞은 상대가 몸을 가누지 못하는데, 재섭이 형은 두 손으로 그의 머리를 움켜쥔 채 연신 무릎으로 올려찼다. 토막이와 그가 데려온 녀석 두 명은 순식간에 일어난 일이라 멀거니 보고만 있었다. 이미 혼절한 피투성이의 사범을 재섭이 형이 겨드랑이를 잡고 질질 끌고 갔다. 언덕 끝에 털썩 내려놓고는 재섭이 형이 으름장을 놓았다.
나는 시방 여기서 뜬께 신고를 하든 말든 맘대루 혀라. 새캬, 남으 동네에 이사를 왔으면 점잖게 사귀자고 혀야지, 꼬마들 달고 댕기문서 장난치냐? 느이 도장에 확 불 싸질르기 전에 얌전하니 운동이나 갈쳐라잉.
그러고는 발로 걸레 치우듯 널브러진 사범을 언덕 아래로 밀어버렸다. 그는 구르다가 주르르 미끄러져 길 위에 엎어진 채 꼼짝도 하지 않았다.
소문은 산동네뿐 아니라 삼거리 건너 이웃 동네에까지 삽시간에 퍼졌다. 아래위로 옥수수 열 대가 나갔다느니 코뼈가 주저앉았다느니 입원하여 전치 팔 주가 나왔다느니 뒷말이 무성했다. 관할 경찰서에서도 형사가 다녀갔다. 싸움에 지고 경찰에 신고까지 했다는 이유로 태권도장 사범의 체면은 더욱 구겨졌다.

나는 그러한 과정을 지켜보면서 세상살이의 치열함에 대하여 생각하게 되었다. 그리고 이 작은 지옥이 저 바깥세상의 축소판일 거라고 생각했다. 나는 고등학교 삼학년이 되었고 어디론가 진로를 정하고 열심히 헤쳐나가야 한다는 강박감에 사로잡혔다. 이 무렵 나는 사랑에 눈을 뜨기 시작했으나 이 동네에서 어떻게든 빠져나가야 한다는 굳은 결심을 세우고 대학 입시 공부에 매진했다.

우리 동네 아이들 거의가 국숫집 딸 차순아를 좋아한다는 걸 알게 되었을 때는 나도 이미 그녀에게 깊이 빠져든 후였다. 우선 째깐이가 언젠가부터 저희 집 물동이를 채우는 당번을 도맡기 시작했다. 내가 역시 부지런하다고 그를 추어주었는데 딱새 애들이 서로 눈을 맞추며 묘한 웃음을 지었다. 재명이 형이 한마디했다. 괜히 그러겠냐, 순아 얼굴 보구잡아 그러지.

생각해보니 공동수돗가 근처에 국숫집이 있었다. 어느 날 재명이 형이 느닷없이 국숫집 문짝에 현대극장에서 상영중인 영화 포스터를 갖다붙이고는 초대권을 갖다주었다. 째깐이의 말에 의하면 토막이가 이틀이 멀다 하고 국수를 사간다고도 했다. 그러고 보니 재명이 형네 집에서는 형편이 나아졌는지 언젠가부터 수제비 대신 국수를 자주 끓여먹고 있었다. 묘순이가 오빠들의 그런 분위기를 눈치챘는지 자기도 순아 언니처럼 학교에 다니고 싶다고 눈물바람을 한 적도 있었다.

나는 등하굣길에 먼발치서 또는 우연히 같이 탄 버스 안에서 종종 순아와 마주쳤다. 어느 날은 내가 버스에 탔는데 바로 앞에 순아가 앉아 있었다. 그녀가 내 가방을 살그머니 끌어다 무릎 위의 자기 가방에 얹었다. 나는 열없게 웃으며 고개만 끄덕했다. 산동네에서 우리 둘만 학생이라는 점 때문이었는지 순아는 내게 서슴없이 말을 걸었다.

어머, 이거 북부도서관 책이네.

그녀는 내 가방 가운데서 바깥으로 미끄러져나온 책을 뽑아 들면서 말했다. 내가 반가워서 말했다.

거기 가본 적 있어요?

그럼요, 저두 거기서 책 대출해 보는데……

우리는 내릴 정류장이 가까워질 때까지 더이상 할말이 별로 없었다. 내리면 바로 시장 골목이 시작되고 우리는 서로 모른 척해야 한다. 나는 정류장이 가까워지자 점점 초조해졌다.

금요일에 책 빌리러 갈 건데, 같이 안 갈래요?

학교 끝나구 몇시쯤요?

네시 반쯤?

나중에 봐서요.

도서관은 우리 학교와 순아네 학교의 중간쯤에 있었다. 여섯시가 마감시간이니까 여유가 있는 셈이었다. 그날 재수좋게 비가 왔다. 나는 일부러 우산을 갖고 가지 않았다. 그래서 그녀의 우산을 같이 썼다. 그뒤 순아를 몇 차례 더 만났고 대학입학시험을 치른 후 몇 개월간은 내가 그녀를 시내 중심가로 자주 불러냈다. 이상하게 그녀와의 기억이 이 무렵부터 앞뒤 연결이 되지 않고 뒤죽박죽이다. 지난 몇십 년 동안 전혀 다른 세계를 살아왔으니 당연한 것인지도 모르겠다.

4

아침이 오면 하루가 시작되는 온갖 소음이 제각기 앞다투어 깨어나는 통에 신경이 한껏 날카로워진다. 손님이 뜸해져서 깜박 졸다가 출입문 열리는 소리에 소스라쳐 눈을 뜨면 보통 때에는 아무렇지도 않던 차도를 달리는 자동차들의 굉음이 머릿속에 가득찬다. 최근 며칠간 공연을 앞두고 리허설이다 뭐다 준비 작업 때문에 오전에 잠깐 눈 붙이고 하루종일 돌아쳤더니 한 시간 연장근무가 여간 힘든 게 아니다. 잠을 쫓으려고 머리를 마구 흔들 때마다 벌통을 쑤석여놓은 듯 눈앞이 깜깜해지며 벌떼가 머리통 주위로 날아다니는 것 같다. 이렇게 기진맥진 앉았다 일어나기도 힘든 날은 문득 검은 셔츠 김민우가 떠오르곤 한다. 한동안은 길을 걷다가 검은 셔츠에 야구모를 쓰고 성큼성큼 걷는 남자의 뒷모습만 봐도 가슴이 철렁 내려앉고, 피자 배달을 다니는 오토바이 소리만 들어도 속이 울렁대며 멀미가 날 지경이었다. 그는 자신을 소개하면서 내게 말했다. 저는 해고잡니다. 네? 이름이 고자예요? 무슨 그런 이름이 다 있담? 내가 깔깔거리고 웃자 그는 전혀 낯색을 바꾸지 않은 채 아니, 해고자라구요, 그랬다.

그를 처음 만난 것은 피자집에서 알바할 때였다. 내가 서빙을 하다가 손님인 그와 눈이 맞았다거나 한 건 아니다. 그도 나와 같은 피자집의 종업원이었다. 점장 빼놓고는 모두가 이십대인 남녀 종업원들 중에서 그는 좀 튀어 보였다. 그건 마치 신학기 강의실에 등장한 군대 갔다 온 복학생처럼 늙수그레한 느낌 때문이었다. 서른한 살인 그가 하는 일은 배달이었다. 김민우는 언제나 검은 셔츠만 입고 다녔다. 앞에 찍힌 영문자나 그림만 다르고, 계절이 바뀔 때 팔 길이와 두께만 달라질 뿐 사철 모두 검은색이었다. 그러나 아마 나 외에는 아무도 그에게 왜 검은 셔츠만 입고 다니느냐고 묻지 않았을 것이다. 그는 어떤 질문에나 그랬듯이 간단하게 대답했다. 빨래하기 귀찮아서 그런다, 왜? 그래서 종업원들끼리는 그를 김민우라는 이름 대신 검은 셔츠라고 불렀다. 우리가 그 집에서 함께 일할 때는 데면데면 별로 친하지 않았다. 상투적으로 표현하자면 소 닭 보듯 하는 사이였다.

내가 활달하고 체력도 있다고 본 건지 피자집 점장은 들어가자마자 주방 보조일을 시켰다. 도우를 만드는 일은 못하지만 종류에 따라서 토핑을 하거나 재료를 씻고 손질하는 일이었다. 몇 번 다른 재료를 얹어서 실수를 했더니 대번에 수습기간을 확인시켰다. 삼 개월간 정식 시급에서 삭감하겠다는 것이었다. 나는 당시에 알바도 근로계약서를 써야 한다는 소리는 들었지만 상대방이 아무 말도 없어서 상식적으로 해주겠거니 하며 넘어갔다. 한 달 만에 나는 각종 피자의 레시피를 정확하게 파악했고 두 달의 수습기간을 묵묵히 참고 견뎠다. 나는 넉 달째에 월급을 받고 전달처럼 여전히 수습급료가 나온 걸 확인했다. 점장에게 따지니 내가 중간에 임의로 이틀이나 결근해서 지장을 주었다는 거였다. 그렇다고 삼십만원이나 비는 건 너무하지 않느냐고 따졌으나 수습을 더 해야 한다는 상대방의 주장을 뒤집기에는 내 쪽이 너무도 무력했다. 서울에서 성인 한 사람이 살아가려면 백육십만원은 필요하다는데, 겨우 백만원쯤 책정된 것에서 그나마도 반 토막이었다. 시급 삼천원짜리 일이었던 셈이다.

내가 점장과 말다툼하다가 낼부터 그만두겠다고 간단히 잘라 말하고 나오려는데 검은 셔츠가 나를 가로막았다. 그는 점장에게 왜 근로계약서를 쓰지 않았느냐고 위법 아니냐고 들이댔다. 수습 삼 개월이라면 처음 채용할 때 알려주었어야 하고, 수습기간이 끝나면 정식 시급을 계산해주어야 한다며 조목조목 따졌다. 그러나 점장은 그건 자기 잘못이 아니라며 본인이 다 받아들였던 거라고 더는 상대해주지 않았다. 검은 셔츠가 천천히 점포의 로고가 찍힌 상의를 벗더니 자기도 그만두겠다고, 그리고 내일 당장 고용노동부와 지역 고용센터에 신고하겠다고 말했다. 점장은 맘대로 하라면서 코웃음쳤고, 나는 나대로 그는 그대로 가게를 그만뒀다.

지금은 그런대로 포기하고 사니까 시급과 일이 적당히 합리적이면 군말하지 않고 지낸다. 편의점 시급이 사천오백원이지만 내 경우에는 야간근로에다 연장근로니까 시급의 오십 프로를 합산해서 더 받아야 하고, 주오일근무라면 적어도 하루 치의 주휴수당도 받을 수 있다. 그런데도 하루 열 시간 야간근무를 하는 대가로 육만원을 받기로 합의했다. 대신에 퇴근시에 또박또박 일급을 받는 걸로 정했다. 몇 년 전만 해도 부당한 일은 절대 그냥 넘어가지 않고 따질 건 따져야 직성이 풀리는 성미였으나, 이제는 이러쿵저러쿵 따지는 게 더 귀찮은 생각이 들어서 적당히 합의한 것이다.

며칠 후 소극장에서 연습중인데 누가 찾아왔다고 전해주었다. 검은 셔츠였다. 그는 엔진 소리도 요란한 자기 고물 갤로퍼 지프에 나를 태우고 일하던 피자집에 갔고, 기다리던 사장이 삼십만원이 든 봉투를 우리에게 내밀었다. 내가 봉투를 벌려 눈대중으로 살핀 뒤에 반으로 접어서 바지 뒷주머니에 넣으려는데 검은 셔츠가 잽싸게 빼앗았다.

그러면 아무나 가져가라는 거지, 가방에 잘 넣어요.

생각잖은 돈 생겼는데 우리 밥 먹으러 가요.

나는 횡재한 듯한 기분과 입 씻고 혼자 가버리기에는 어쩐지 켕기는 기분이 겹쳐서 그렇게 말했다. 그는 말없이 주위를 둘러보다가 눈에 띄는 순댓국집으로 앞장서 들어가면서 중얼거렸다.

요즘 아가씨들 정말 철이 없어.

나는 어떻게 이런 기적이 일어날 수 있었는지 물었다. 듣자하니 그가 고용노동부나 고용센터에 신고했던 것은 아니었다. 규정만 그럴 뿐 신고해봤자 적은 액수를 일일이 업주에게서 받아주지도 않을뿐더러 통보조차 하지 않는다는 것을 그는 잘 알고 있었다. 그는 먼저 친구를 시켜서 점장에게 전화를 걸게 했다. 고소가 들어왔는데 왜 이렇게 골치 아프게 처리하느냐고 위압적인 목소리를 들려주었다. 이어서 그는 선동조의 글귀를 대문짝만하게 쓴 피켓을 만들어 들고 손님이 붐비기 시작하는 점심시간부터 저녁시간까지 점포 앞에 버티고 서 있었다. 다른 점포에 있던 사장에게 연락이 가고, 그가 와서 상황을 살핀 뒤에 합의가 이루어졌을 뿐이라고 했다. 다음부터는 시급을 받는 알바라고 할지라도 꼭 근로계약서를 쓰고 일을 해야 한다고 그가 말했다. 그걸 써야만 계약기간, 근로시간, 업무내용 등과 그에 따른 임금을 확약할 수 있다고.

그의 소개로 일주일 안에 대학가의 커피숍에 일자리를 얻었다. 그는 전에 대기업 건설회사에 다녔다고 했다. 그는 실직하고 나서 줄곧 두세 가지의 알바로 버티고 있는 중이었다. 나는 가끔 그를 만났다. 주로 그가 내가 알바하는 곳으로 퇴근할 무렵에 찾아왔고, 내가 연출한 연극을 공연하던 날에는 소극장으로 그를 초대하기도 했다. 우리는 남들 눈에는 오래된 연인처럼 보일 정도로 허물없는 친구가 되어갔다. 그러나 둘 다 연애질이나 하고 노닥거릴 처지가 아니라는 걸 잘 알고 있기에 약속이라도 한 듯 적당한 거리를 유지했다. 단둘이 있을 때 야릇한 기분이 드는 것을 피차 알고도 모르는 척 태연하게 즐겼다. 가끔 만나서 소주 한잔하며 푸념을 늘어놓다가 문득 울고 싶어질 때면 나는 그의 검은 셔츠 가슴팍에 새겨진 글씨나 그림을 물끄러미 바라보다 얼른 농담 따먹기로 화제를 바꾸곤 했다.

그는 전문대학을 나왔으며 홀어머니 부양자로 공익근무 기간을 거친 뒤 이십대 초반부터 팔 년 동안 한 직장에서 일했다. 다만 그는 비정규직을 면하지 못했던 것뿐이다. 그는 세상 물정을 잘 아는 나의 선배이기도 했다. 나는 주위 내 또래 친구들이 모두 허황한 신기루를 좇는 것처럼 철딱서니들로 보였고, 그래서인지 그가 더 의젓하고 어른스러워 보였다. 처음엔 그의 가족관계라든가 주위 친구들을 몰랐고 묻지도 않았다. 그는 어쩐지 변변한 친구가 없는 것처럼 보였다. 그런 점은 나도 비슷했다. 연극판에서 사귄 이들은 배우건 연출이건 모두 일이 끝나면 각자의 사생활로 돌아갔고 우리가 다시 만나는 건 무대 위에서였다. 그건 일상과는 먼 가상의 세계이기도 했다. 그는 전문대학을 다녔다지만 오히려 고교 졸업생보다 나을 게 없었다. 석박사를 하고도 직업을 찾지 못한 이들이 넘쳐나는 사회에서 그의 실업은 당연한 일이기도 했다.

처음에 그는 일용직으로 살다가 요행히 현장 기사의 눈에 띄어 건설회사의 임시직으로 취직이 되었다. 자재 노무 용역 관리의 보조를 맡았는데 성실하게 일했다. 그러나 세밑이 돌아오면 다시 이듬해까지 일할 수 있는 재계약을 해야만 하고 정규직 사원과의 차별을 감수해야 했다. 연차휴가라든가 교육 복지 등등은 기대할 수도 없었으며, 임금은 정규직의 절반도 못 되고 보너스라든지 인센티브의 혜택은 아예 없었다. 회식 자리에 가면 언제나 눈치를 살펴야 했고 화제에 끼어들 수 없어 묵묵히 먹고 마시기만 하다가 혼자 일차만 참석하고 나왔다.

원래 말이 많은 사람은 아니었지만 김민우는 그 일이 일어나기 몇 달 전부터 점점 말수가 줄었다. 주로 내가 지껄이는 편이고 그는 말없이 들어주는 쪽이었다. 아니 가끔은 멍하니 앉아 있을 때도 많았다. 그런데도 내가 그와 함께 밥을 먹거나 술을 마시거나 일을 하면서 언제나 편안했던 것은, 그가 매우 상식적이었고 내 앞에서 자기 존재를 확인하려 하거나 무얼 요구하는 법 없이 각자 혼자 있을 때처럼 자유로울 수 있었기 때문이다. 언젠가 주점에서 둘이 술을 마시다가 우연히 연극하는 동료를 만났을 때, 나는 김민우를 내 사촌오빠라고 소개한 적이 있다. 말하고 나니까 그는 정말 어릴 적부터 함께 자란 사촌오빠처럼 여겨졌다.

출근시간이 가까워지자 차츰 편의점이 붐비기 시작했다. 캔커피를 사가는 사람, 숙취 때문인지 오만상을 찌푸리고 들어와 드링크제를 마시는 회사원, 컵라면에 뜨거운 물을 부어 창가 탁자 위에 올려놓고 먹는 젊은이, 출근길에 들러서 아침을 도시락으로 때우는 이른바 단골 편도족들, 샌드위치와 음료를 사가지고 출근하는 여자. 정확히 아홉시가 다 되어서 주인 아저씨가 교대를 하러 나왔다. 그는 다른 날보다 한 시간은 더 잘 수 있었을 텐데도 부석부석한 얼굴로 나와서 가게 안을 한 바퀴 둘러보았다. 나는 앞치마를 벗고 백팩을 메고 카운터 앞에서 조용히 기다렸다. 그가 별 이상이 없음을 살핀 뒤에 육만원을 세어 내게 내밀었다.

오늘은 늦지 마.

아저씨가 주의를 주었다.

어젠 미안했습니다.

나는 오늘이 마지막 리허설인데다 '불금'이라는 걸 기억하고 있다. 모레와 글피는 나 대신 주말근무자인 학생이 나온다.

시 외곽으로 나가는 버스에 오르니 자리가 많이 비어 있었다. 이맘때 서울 중심가 쪽 버스는 만원일 것이다. 나는 앉자마자 꾸벅꾸벅 졸기 시작했다. 그래도 내가 내릴 장소가 가까워오면 저절로 눈꺼풀이 열린다.

우중충한 벽돌을 붙인 연립주택이 늘어선 비탈길에 들어서는데 휴대폰에 문자 들어오는 소리가 울렸다.

퇴근했어? 오늘도 고생 많았겠네. 내일부터 공연이라고 했지? 내일 못 가면 모레라도 갈게. 한동안 못 봤더니 보구 싶네.

김민우 어머니가 보내온 문자다. 나는 멈춰 서서 답장을 한다.

일 나가셨나봐요. 전 집 앞에 왔어요. 넘넘 피곤. ㅠㅠ 오실 수 있으실 때 연락 주세요. 공연 끝나고 간만에 한잔해야죠. ^^

나는 지하로 향하는 계단을 내려가려다 발길을 돌려 위로 올라간다. 삼층까지 원룸이 복도를 따라서 양쪽으로 있고 사층에 주인의 살림집이 있다. 퇴직한 공무원 부부인데 아주머니가 점잖고 따뜻하다. 나는 벨을 눌렀다. 문을 열고 고개를 내민 아주머니는 지금 시간에 내가 어디서 오는지 잘 알고 있다. 내가 삼십만원을 꺼내어 내밀었다.

두 달 밀렸죠? 지금 한 달 치 드리구요, 공연 끝나면 나머지 다 드릴게요.

아주머니가 혀를 찼다.

이렇게 낮밤을 바꿔 사는 게 건강에 참 안 좋은 건데…… 요새 얼굴색이 영 아니야. 끼니나 챙겨 먹고 다니는 거야?

그럼요, 다 먹고 살자고 하는 일인데요.

배시시 웃으며 돌아서는데 아주머니가 불렀다.

가만있어봐, 내 뭐 좀 줄게.

그녀가 내민 것은 시골에서 택배로 부쳐왔다는 갓김치였다. 젓갈 냄새가 콤콤한 게 입에 침이 고인다. 고맙다고, 쌀은 안 떨어졌느냐고, 서로 인사를 주고받고는 천천히 계단을 내려가 어두컴컴한 반지하의 내 방 앞에 섰다.

5

사무실로 최승권이 전화를 걸어왔다. 아시아월드 모임이 있다는 것과 임회장과 점심을 함께하기로 한다는 내용이었다. 나는 심드렁하게 그 전화를 받았다. 그러나 못 간다고 할 수도 없는 것이 한강디지털센터의 개장이 아직도 몇 달 남아 있었기 때문이었다. 또한 임회장과 대동건설의 자금난과 비리 의혹이 몇 번 신문에 오르내렸지만 요즈음 불황을 겪는 것은 건설업계의 전반적인 현실이기도 했다. 아시아월드 프로젝트는 기획업체와 정부가 두 차례나 바뀌면서 숙제로 넘겨진 사업이었고, 내가 한강디지털센터의 설계를 맡았던 초기까지도 임회장은 관심이 없었거나 모르고 있던 일이었다. 아마도 최승권이 물고 들어왔을 것이다. 그는 내 대학 동기의 아우였다.

그의 형 최승일은 미대생이었다. 내가 건축과에 들어가 그림에 관심이 생겼을 때 동급생 중의 누군가가 승일이가 나가는 화실을 내게 소개해주었다. 승일이는 대학 선배가 차려놓은 입시생 실기를 위한 화실에서 조수로 아르바이트를 하고 있었다. 승일이네 집안은 서울의 개화된 토박이 중산층이었다. 아버지는 대학교수에 어머니는 유명 디자이너였다. 그의 집에도 몇 번 놀러갔었는데 그의 형제들이 서슴없이 아버지와 술을 마시고 담배를 함께 피우는 걸 보고 좀 놀랐다. 가장 부러웠던 것은 거실만큼 널찍하고 천장에 닿도록 책이 꽂혀 있던 서재였다. 나는 승일이 덕분에 드로잉과 스케치를 능숙하게 해낼 수 있게 되었다. 그는 안타깝게도 대학을 졸업한 직후에 교통사고로 죽었다. 평소에 술 한 잔만 마셔도 앉은 자리에서 곯아떨어지던 그가 그날은 웬일로 과음을 하고 택시를 잡는다고 차도로 나갔다가 정류장을 향하여 커브를 돌아 들어오던 버스에 치였다. 나중에 승권이한테서 들으니 승일이가 실연을 당한 날이었다던가 그랬다. 실상 나도 그 무렵에는 현산건축에서 수습생으로 시간제 일을 하며 정신없던 때라 그의 장례식 참석은커녕 사망 소식도 듣지 못했었다.

내가 유학을 마치고 돌아와 다시 현산에서 실장을 맡고 있던 어느 해인가, 그의 아우 최승권이 나에게 연락을 해왔다. 그는 자신의 사업적 필요 때문에 나를 수소문했고, 당시에도 그는 만물박사처럼 건축이니 디자인이니 하는 것에 대하여 할말이 많았다. 그는 대기업 산하의 광고회사에서 뛰고 있었다. 그는 나중에 외국 기업의 광고 에이전시를 하다가 스스로 회사를 차렸고, 그의 표현에 의하면 '먹고살 만큼 벌었다'고 생각하고 모든 사업을 접었다. 그의 재산의 대부분은 아마 부동산이었을 것이다.

그는 문화와 경영이라는 서로 도저히 걸맞지 않을 법한 개념을 접합하여 책도 내고 강연도 다니더니 사람들을 끌어모았다. 그가 책임지고 있던 무슨 시 구절 같은 이름의 문화재단은 그야말로 한량들의 사교구락부처럼 보였다. 나도 근년에 그의 연락을 받고 두어 번 참석해본 적이 있었다. 함께 뷔페를 먹고 명함을 주고받고 그럴싸한 명사들을 불러 강연을 듣고 그날의 분위기에 따라서는 회원 중에 근사한 별장을 가진 사람이 이끄는 대로 몰려가서 뒤풀이도 벌였다. 그들의 선의에 가득찬 말과 점잖은 매너가 지루하고 못 견딜 일이었지만 나는 잘 참아낼 수 있었다. 저들의 외로움과 불안을 조금 안다고 생각했기 때문이다. 그들은 언제나 양지를 지향할 수밖에 없었다. 인생에서 모처럼 이루기 시작한 이 작고 위태로운 성공들을 더욱 탄탄히 만들고 좀더 키워야 하기 때문이다. 내가 살아온 길이나 최승권의 길이 별로 다르지 않다고도 생각했다. 다만 내가 세상에 대하여 좀더 냉소적이었을 뿐이다.

작년엔가 대동건설의 임회장이 연락해와서 저녁 먹는 자리에 나갔더니 최승권이 먼저 와서 기다리고 있었다. 수년 만에 만났지만 그의 어조는 여전했다. 문화가 세상만사를 결정한다는 식이었다.

역시 마당발이시군요. 이 사람은 어떻게 아십니까?

내가 물었더니 임이 말했다.

아아, 우리가 같은 교회에 나가고 있어요.

임회장은 교회 이야기를 꺼내자 더욱 말이 길어졌다.

이 사람 때문에 우리 부부가 새벽기도회까지 참가하고 있습니다.

규모가 큰 교회는 아니고 서로 알 만한 사람들이 모여 작고 조용한 교회를 만들어 목사를 초치했다고 한다. 그는 또 정재계의 유력인사들이 나가는 몇몇 교회 이야기를 했다.

그런 데는 일종의 상류사회 사교클럽이지요. 저희는 그야말로 순수한 신앙 공동체입니다.

아무튼 그 자리에서 임회장이 아시아월드 기획안을 말했는데 뒷부분에 가서 좀더 자세히 설명한 것은 최승권이었다. 나는 현산건축 시절과 내 초창기 사무소에서의 경험이 있었으므로 이런 일의 성격을 대충 눈치는 채고 있었다. 이건 당대 정권의 관심이 어디에 있느냐에 따라서 추진력이 결정된다. 더구나 서울 외곽이라면 경기도지사가 누구이며 그가 집권정당 소속인가가 중요한 출발점이다. 이 기획안을 최승권이 가져온 것이고 그는 이미 어느 정도는 줄을 대놓았고 일이 시작되면 그 줄을 더욱 튼튼하게 할 수 있으리라는 짐작은 들었다. 그런 사람은 어느 시절에나 사교의 폭을 넓게 잡아놓고 사방에 연줄을 걸어두기 마련이다. 양지에 서는 일은 간단하다. 권력을 잡은 축이 무엇을 말하는가를 살피고 똑같은 말이 아니라 유사한 단어를 구사해서 원래 자기도 같은 주장이었음을 간접적으로 알린다. 때에 따라 그런 것이 먹히기도 하고 좌절되기도 한다. 그러나 설령 좌절된다 해도 아주 외곽으로 밀리지는 않는데, 순수하고 선량한 의도일 뿐 주류 사회에 해가 되는 사람은 아니라는 전제를 확실히 해두었기 때문이다. 어쩐지 시시껄렁하고 속물적이기는 하지만 중산층들은 이를 건전한 식견이라고 굳게 믿는다.

나는 속내를 드러내지 않는 것이 일종의 천성처럼 되어버렸다. 그냥 웃고 만다. 어쨌든 나도 틀림없이 그들 중의 하나였다.

회사 차를 타고 서울 외곽으로 나갔다. 드문드문 아파트 단지가 서 있는 벌판의 가장자리에 새로 지은 현대식 빌딩들이

서 있었다. 철골만 서 있는 곳도 있고 서둘러 콘크리트에 금속과 유리로 외벽을 마감해 올린 새 건물도 있었다.

기다리던 직원이 아시아월드 준비위원회 간판이 붙은 사무실로 안내했다. 임회장이 나를 반겨 맞았고 최승권은 브리핑 준비를 하고 있었다. 도청에서 나온 책임자와 문화부의 국장과 금융회사 사람과 은행 간부와 낯모를 젊은 사람이 회장의 바로 옆에 앉아 있었다. 회장이 말했다.

시간이 별로 없는 분도 계시니 어서 시작합시다.

예, 제가 다른 데 모임이 하나 더 있어서요.

젊은이가 속삭이듯이 최승권에게 이르자 그는 프로젝터를 켜고 스크린 위로 지시봉을 쳐들었다. 우리 사무실에서 그려낸 마스터플랜과 조감도 스케치 등이 떠올랐다. 그는 잠깐 한류에 대하여 얘기했다. 케이팝과 드라마와 영화 같은 대중예술이 아시아와 전 세계를 휩쓸고 있다는 것이며 그러한 콘텐츠 생산의 거점이 될 만한 센터의 필요성을 강조했다. 수년간 들어온 얘기지만 모두들 참고 듣는 것 같았다. 그러나 생산기지의 역할만 가지고는 지속적으로 창의적인 작업을 유지하기 어렵다는 것, 그래서 부지를 활용하기 위한 대형 쇼핑몰, 호텔, 식당가 등의 부속 시설들이 필요하다는 것, 우선 영화와 드라마 스튜디오가 실제 촬영현장을 보여줄 수 있고 음악, 미술, 영상에 대한 각계의 문화예술인들의 작업실이 공개되어야 한다는 것이며, 대단위의 위락 휴게시설로 스파와 아울렛 매장이 지상과 지하에 배치될 수 있다는 것을 그림으로 보여주었다. 이어서 돔식 공연장과 극장도 보여주었다. 그는 현재 인천공항의 환승 승객이 한 해에 수백만 명이라는 것을 말하고 그들을 위한 단기관광의 플랜도 제시했다. 서울 서부지역에 밀집된 의류에서 전자제품에 이르기까지 반송품이나 재고품 창고의 숫자도 거론하고 종합 아울렛의 가능성을 설득력 있게 얘기했다. 청사진들은 모두 이러한 의도들을 종합하고 세분화한 것들이었다.

브리핑은 한 시간이 못 되어 끝났고 젊은이가 제일 먼저 일어났다. 나중에 서면으로 좀 보내주세요. 짧게 말하고 그가 자리를 떴다. 나중에 최승권은 그를 어렵게 불러왔다며 그가 '큰집'에서 왔다고 귀띔해주었다. 최승권이 점심을 함께하자고 잡았지만 나는 다른 모임이 있다며 일어섰다. 사실 김기영 선배의 회고전 오프닝이 기다리고 있었다. 나는 왔던 길을 되돌아 달려가면서 마치 다른 세계의 터널을 빠져나가는 듯한 느낌이 들었다. 모든 것은 꿈이다. 그렇지 않은가. 아직 이루어지지 않은 욕망의 꿈이 이어지다가 현실인 것처럼 실체가 나타나고 그것마저 꿈이 되어 흘러가버린다. 저 벌판에 띄엄띄엄서 있던 시멘트와 철골로 이루어진 건물들은 예전과 달리 게임기 속의 가상세계 같다.

전시장 입구에서 이영빈 교수와 건축가 장모, 강모 등을 만났다. 관람객들은 거의가 학생들이거나 건축계 또는 문화계 인사들이었다. 그중에는 김선배를 아는 이들도 있고 전혀 누군지 모르는 사람들도 많았다. 전시품은 그의 잡다한 스케치, 드로잉, 건축 디자인의 에스키스 등이었고 따로 건축모형을 전시해놓은 방도 있었으며 사진과 영상자료실도 있었다. 그가 영상에서 말하고 있었다.

식민지시대 우리 건축은 일본이 유럽을 복사한 사이비 근대를 다시 복사한 것이었습니다. 중앙청이나 서울역 등이 모두 그런 모습이었지요. 전쟁이 끝나자 처참하게 부서진 폐허 위에 부족한 자재와 자금으로 임시변통의 건물들이 들어섰고, 이것들은 거의가 십 년도 못 가서 재건축되어야만 했습니다. 집장사가 지은 서민들의 집과 산동네 판자촌이 수많은 길과 골목을 만들어냈지요. 조금 살 만해지자 전통을 재해석한다고 콘크리트에 단청을 입히는 식이 됩니다. 여기까지가 선배 세대의 작업이었고 다음 세대는 재개발과 상자 같은 아파트의 시멘트 산을 만드는 데 세월을 보냈습니다. 그 대가로 우리는 수많은 이웃들을 왜곡된 욕망의 공간으로 몰아넣거나 내쫓았습니다. 건축이란 기억을 부수는 게 아니라 그 기억을 밑그림으로 사람들의 삶을 섬세하게 재조직하는 일입니다. 우리는 그 같은 꿈을 이루어내는 일에 이미 많이 실패해버렸습니다.

그가 작업했던 지방 두메산골 작은 군읍의 프로젝트가 영상에 흐른다. 그는 시골집 툇마루에서 노파의 손을 잡고 있다. 뭘 지을라구 그려? 면사무소요. 그딴 거 짓지 말어. 우리네하군 아무 상관도 없는 일인게. 그럼 뭘 지으면 좋겠어요? 목욕탕이나 하나 지어주지그려. 하루쥉일 들에 나가 비지땀 흘리고 나면 여자들은 목물할 데두 읎고 노인네들 삭신이 저려도 어디 푹 담그고 쉴 데가 읎다니께. 네, 꼭 지어드릴게요. 믿어두 돼? 암요, 꼭이요. 서로 잡은 대조적인 손이 영상에 가득차 있다. 연필만 잡던 건축가의 가녀리고 긴 손과 마른 삭정이처럼 구부러진 노파의 손이 서로 잡고 있다.

화랑 사무실 안쪽에서 김기영은 쉬고 있었다. 전시실을 둘러본 지인들이 하나둘씩 모여들어 서고 앉고 했다. 나는 김선배의 옆에 앉았다.

도움을 줘서 고맙네.

그렇게 많은 일을 하신 줄 몰랐어요.

나는 진심으로 그렇게 말했다. 그가 해낸 일들은 지난 수십 년간 도시의 다채로운 변화로 보자면 그야말로 보잘것없었다. 아니 평소에 나와 동료들이 뒤에서 약간 비아냥대는 어조로 말하던 순진무구였다. 그러나 지방 곳곳의 중소도시와 벽지에서 그가 벌인 일들 거의가 작지만 공공건물들이었다는 것이 이채로웠다. 사진으로 보기에도 그것들은 앙증맞은 장난감처럼 보였다. 이영빈 교수가 내게 한마디 했다.

현장에 가본 적 없지?

나는 대답하지 않았고 김선배가 가랑가랑하는 약한 목소리로 말했다.

박형이야 늘 바쁜데 언제 그런 데 찾아다닐 시간이 있었겠나.

제주도에서 흙집 실험한 장소에는 우연히 들른 적이 있지요.

아, 그거 취소된 프로젝트였어. 돈 안 되는 일이 다 그렇지 뭐.

우리는 더이상 할말이 없었다. 그냥 들고나는 사람들을 멀거니 바라볼 뿐이었다. 그의 잔명이 얼마 가지 못하리라는 것쯤은 주위에서 모두 알고 있어서 되도록 말을 아꼈다. 그가 휠체어를 타고 병원으로 돌아가자 모였던 사람들도 기다렸다는 듯이 제각기 흩어졌다.

이영빈이 한잔하겠냐고 물었으나 볼일이 있다는 핑계를 대고 헤어졌다. 집에 돌아와서 혼자 위스키를 몇 잔 마셨고 문득 생각이 나서 차순아에게 전화를 걸었다. 왜 그랬는지는 알 수 없다. 뭔가 허전했던 모양이다. 만취해서 돌아온 이튿날 속 쓰린 채로 잠이 깨었을 때, 혼자 밥 먹을 때, 속옷과 양말을 세탁기에 돌리면서, 그리고 그것들을 건조대에 널 때, 독감에 걸렸던 며칠, 이렇게 불쑥 허기처럼 쓸쓸함이 밀려들 때가 있다. 전화를 걸자마자, '지금 거신 번호는 없는 번호입니다. 확인 후 다시 걸어주십시오' 하는 말이 흘러나왔다.

김기영 선배는 회고전을 마지막으로 병상에 누워 지내다가 여름의 폭염이 한창이던 팔월 중순쯤에 세상을 떠났다. 지금은 한줌의 재가 되어 납골당 선반에 얹혀 있다. 사람들은 또 그 핑계로 모여들었다가 술을 거나하게 마시고 서로 주정도 하고 밀린 소식을 주고받고는 헤어졌다.

강화도로 봄소풍을 다녀오던 날 차순아와 통화한 후로는 내내 잊고 지내다가 김선배 회고전이 있던 날 밤에 문득 생각나서 전화를 걸어보았지만 더이상 연락할 방법이 없었다. 그녀와 잠시 연락이 닿았던 것이 꿈이었나 싶게 어쩐지 허망했다. 어느덧 내가 사는 타운하우스의 담가에 줄지어 서 있는 은행

나무 잎이 벌써 노랗게 물들기 시작했다.

휴대전화에 메일이 들어왔다고 표시되어 있었지만 노안 때문에 읽을 수가 없어서 노트북을 켰다. 알 수 없는 이메일 주소였는데 '박민우 선생님께'라고 머리에 붙어 있는 것으로 보아 내게 온 메일이 분명했다.

그동안 변화가 조금 있었습니다. 사정이 생겨서 전화로는 연락이 안 될 것입니다.

박선생님과 연락이 되고 나서 한동안 마음이 좀 어수선했습니다. 잊고 있던 옛날 일들이 어제 일처럼 선명하게 되살아났습니다. 아니, 잊다니요. 저는 단 한순간도 제가 살아온 시간들을 잊은 적은 없지요. 남편을 먼저 보내고 아들 하나 데리고 틈틈이 지난 일들을 기록하면서 살아왔는걸요. 일기랄까, 수기랄까. 어쭙잖은 글을 쓰는 시간은 내가 나를 위로하기도 하고 꾸짖기도 하고 그래도 잘 견디었다, 잘 살아왔다 격려하는 시간이기도 하지요.

몇 달 전 하나밖에 없던 아들을 잃고 절망에 잠겨 있을 때 박선생님이 불현듯 다시 내 삶 속으로 걸어들어왔습니다. 이상한 일이지요. 우연히 소식을 접하게 되었고 멀지 않은 장소에서 강연을 한다는 것을 알게 되었을 때 왜 한걸음에 달려가지 못했는지, 아쉽기도 하고 다행스럽기도 합니다. 사진으로 보니 많이 늙었더군요. 그 점에서는 내가 아주 잘한 것이지요. 박선생님은 최근의 내 모습을 보지 못했으니 이십대 때의 곱고 참하던 차순아로 나를 기억할 테니까요.

내가 불쑥 박선생님께 이런 글을 쓰게 된 까닭을 나로서도 설명하기가 어렵습니다. 어쩐지 지난 세월 내가 어떻게 살아왔는지 오랜 친구에게 옛이야기 하듯 들려주고 싶었습니다. 수십 년의 세월이 이렇게 덧없이 흘러간 것을 생각하면 어디 원망할 데도 없건만 나를 잘 알 만한 사람에게 하소연하듯 지껄이고 싶은 마음을 이해하시기 바랍니다. 내가 기록한 것을 박선생님에게 보여드리는 것이 그쪽에 불편을 끼치거나 행여라도 어떤 부담을 주는 게 아니었으면 합니다. 우리가 함께 도서관에서 책도 빌려 보고 명작에 대해서 얘기도 나누고 하던 기억들이 새롭습니다. 박선생님과 함께했던 날들이 내겐 소중한 추억이었듯이 나 역시 누군가에게 추억할 만한 존재이길 바란다면 욕심일까요? 첨부파일을 읽고 싶지 않으면 그냥 지워버리셔도 상관없습니다.

나는 첨부파일을 열어보았다. 그녀가 컴퓨터 앞에 앉아 자신의 이야기를 한 글자씩 찍어나가는 모습을 그려보다가 나는 이내 어이없는 웃음을 웃고 말았다. 그녀의 말대로 나는 매번 현재의 차순아가 아니라 스무 살 적 차순아의 모습으로 그녀를 떠올리고 있었다. 이미 육십대에 들어선 모습은 도무지 상상이 되질 않았다. 뚱뚱해져서 부끄러워 강연장에 오지 못했다니 여느 아낙네들처럼 나잇살이 붙어 그리 되었겠지. 흔히들 첫사랑은 만나고 나면 후회한다는데 피차에 늙고 볼품없어져 만난다 해도 내가 한 짓을 생각하면 상대방에게 실망할 처지가 아니다. 우리가 살았던 달골이 지상에서 이미 사라진 기억 속의 박제에 지나지 않듯이, 한번 지나간 것은 돌아오지 않는다.

나의 아버지와 어머니는 나이 차이가 십오 년이나 된다. 아버지가 혼자 부산으로 피난 내려왔을 때 서른다섯이었고 엄마는 갓 스물이었다. 아버지는 그냥 피난민이었다고 간단하게 얘기해버리지만 사실은 의용군으로 끌려나왔다가 포로가 되어 거제도 수용소에 붙잡혀 있었다. 줄을 잘 섰는지 못 섰는지 반공포로 축에 끼여 석방이 되었다고 한다. 그는 어느 날 외할아버지와 외할머니가 살던 영도의 제면소에 허름한 군복 차림으로 나타나서 일자리를 물었다. 영도의 국수공장은 원래 일본인 것이었는데 주인이 떠나면서 외할아버지에게 모든 권리를 양도했다.

어머니는 나처럼 국숫집 딸이었다. 세 살 위인 오빠가 있었는데 전쟁에 끌려가서 돌아오지 않았다. 나는 외삼촌을 사진에서만 보았다. 외할아버지는 행방불명이 되어버린 아들 대신 일손이 아쉬운 때에 찾아온 아버지가 내심 반가웠을 것이다. 외할아버지는 '모리야마 제면소'라는 작은 한문 간판을 떼지 않고 그대로 두었다. 그래서 옛날 사진에도 그 간판이 보인다. 일대에 피난민의 판잣집이 엄청나게 생겨나서 외할아버지네 국수공장은 밤을 새워 일해도 물량을 대지 못할 정도였다. 엄마는 중학교를 마친 후 집에서 일손을 도와야 했고, 아버지 외에도 젊은이 두 사람이 더 들어왔다. 아무튼 서른다섯이나 된 아버지가 어떻게 스무 살인 엄마와 짝이 될 수 있었는지, 요샛말로 전생에 나라를 구했는지도 모를 능력자다. 아버지는 무슨 일이든 일단 맡으면 다른 데 한눈팔지 않는 말없고 고지식한 사람이어서 외할아버지의 두터운 신임을 얻어냈을 터였다. 외할아버지와는 성격이 아주 다른 사람이었다. 그래서 외할아버지는 아버지에게 공장일을 모두 맡기고 밖으로 나돌기 시작했고, 자연스럽게 아버지와 어머니는 짝이 되었을 것이다. 외할머니가 엄마의 등을 떠밀다시피 했다고도 한다. 외할아버지는 공장이 잘 돌아가니까 처음에는 옆집도 사들이고 뒷집도 사서 일을 크게 벌이더니 평소에 좋아하는 술을 마시기 시작했고 여자 있는 술집에 드나들다가 딴살림까지 차렸다. 외할아버지는 엄마의 이복 남동생을 보았고, 그후 집으로 돌아오지 않았다. 공장과 집도 다 팔아버린 바람에 아버지는 혼자가 된 외할머니와 엄마를 이끌고 무작정 서울로 올라왔다. 내가 국민학교 삼학년 때였다. 아버지가 남쪽에 내려와서 배운 기술이란 국수 뽑는 일뿐이었지만 그게 도움이 되었다. 외할머니가 쥐고 있던 돈에다 빚까지 얻어서 낡은 국수기계 한 틀을 샀다. 그러고는 번듯한 동네나 큰 시장에 가게를 낼 수는 없어서 변두리 산동네를 찾아 들어갔는데 그곳이 바로 달골이다.

내가 고등학생이 될 때까지 그 동네에서 여학생은 나 하나였다. 책 읽는 걸 좋아했고 성적도 좋은 편이었다. 나 말고도 유일한 남학생이 있었는데, 그가 언제 우리 동네로 이사 왔는지는 기억이 또렷하지 않다.

나는 학교에서 돌아오면 국수 건조장의 다락방에 책 한 권 들고 올라가 틀어박히곤 했다. 그곳은 그야말로 내가 현실을 벗어나 나만의 세계로 들어가는 공간이었다. 외할머니는 서울 와서 몇 년 뒤에 돌아가셨지만 살림이 늘거나 줄지도 않았고, 아버지는 꼭 우리 세 식구 밥 먹고 살 만큼만 벌었다.

어쩐지 낯간지러운 얘기지만 동네 소년들이 나를 좋아하고 있다는 것쯤은 나도 잘 알고 있었다. 공동수도에 물 받으러 오는 척하면서 언제나 네댓 명의 소년들이 우리집 담장 아래까지 몰려와서 떠들고 놀았다. 주로 재명이 오빠네 형제들과 구두닭이 아이들이었다. 그 외에도 토막이라는 아이가 지겹게 따라다닌 기억이 난다. 그러나 그들 속에 박민우는 없었다. 박민우는 그들과는 달랐다. 나는 그들 모두가 부랑아로 보여서 그들과 한동네에 살고 있다는 게 못내 부끄러웠다.

그 동네의 사는 형편이 얼마나 좋지 않았는지 유리창 달린 집이 몇 집 안 되었던 것 같다. 대부분이 판자를 덧댄 갑갑한 창문이었는데, 처음으로 내 방에 유리창을 달던 날 뛸듯이 기뻐하던 일을 나는 지금도 잊지 못한다. 중학교에 입학하던 어느 봄날, 아버지는 우리집에 유리창을 달았다. 한낮에도 창문을 열지 않으면 실내가 어둑신했고 밖을 내다볼 수 없었는데, 잠들기 전에 누워서도 별이 가득한 밤하늘을 볼 수 있고 낮에는 눈부신 햇살이 따사롭게 비쳐드는 것이 축복처럼 여겨졌다. 비가 오거나 눈이 내리는 날에는 하염없이 창가에 붙어서서 밖을 내다보곤 했다.

그날도 창가에 서서 밖을 내다보고 있는데 저만큼 앞에서 어묵집 아들 박민우가 뭔가를 들고 우리집 쪽으로 걸어오는 게 보였다. 그는 걸어오다 말고 잠시 주춤거리며 망설이는 듯 했다. 나는 그가 볼세라 얼른 뒤로 물러섰다. 공연히 가슴이 뛰고 얼굴이 달아올랐다. 얼마쯤 지나자 밖에서 안에 계세요, 하는 그의 목소리가 들렸다. 그날 그는 자투리 어묵을 한 뭉치 가지고 왔는데, 나는 여태껏 그것만큼 맛있는 어묵은 먹어 보지 못했다.

그후로도 그는 국수를 사러, 혹은 어묵을 가져다주기 위해 우리집에 가끔 들렀고, 우리는 버스정류장이나 버스 안에서 심심찮게 마주쳤다. 우리가 처음 동네 밖에서 만났던 날을 기억한다. 그날은 비가 왔다. 그가 우산을 안 가져와서 내 우산을 같이 쓰고 세 정류장이나 걸어갔다. 우산을 쥔 내 손을 그가 잡기에 나는 얼른 손을 뺐고 그가 내 우산을 받쳐들고 걸었다. 비가 들이칠까봐 우산을 내 쪽으로 잔뜩 기울이고 자기는 머리만 들이민 꼴이어서 우산은 쓰나마나 옷이 흠뻑 젖어버렸다.

북부도서관에서 내가 빌린 책은 헤르만 헤세의 『크눌프』였고 그는 『카라마조프가의 형제들』을 빌렸다. 나는 다시 그를 만나기로 한 도서반납 날짜만 기다렸다. 도서관에서 우리 동네 방향으로 오는 길가에 분식집이 있었다. 거기서 찐빵이나 단팥죽을 먹으면서 우리는 서로 읽은 책에 대해 이야기를 나누었다. 그가 문득 암담하고 막연한 장래에 대해서 얘기를 꺼냈다. 대학 입시를 앞둔 고삼 수험생이 여학생이나 만나고 앉아 있으려니 내심 불안하고 초조한 기색이었다. 나는 성적도 좋은 편인데다 아직 일 년 후의 일이라 좀 느긋한 편이었다. 그는 달골을 벗어나고 싶다고 몇 번이나 되뇌곤 했다. 그러기 위해서는 공부밖에는 길이 없다고.

산동네는 겨울이면 리어카로 연탄배달을 하고 나르는 게 큰일이었다. 연탄집에서는 위험하다고 아예 배달을 안 하려고 했다. 눈이라도 와서 빙판이 지면 새끼줄에 두세 장씩 꿴 연탄을 온 식구가 나와서 거들어 나르곤 했다. 아버지는 연탄가스로 돌아가셨다. 겨울이면 연탄가스에 중독되어 죽어나가는 사람이 동네에 한두 명은 꼭 있었다. 나도 국민학교 때 연탄가스에 가볍게 중독된 적이 있었는데 어머니가 김칫국을 마시라고 해서 까스명수를 사달라고 다 죽는 시늉을 했던 생각이 난다. 그 무렵엔 콜라나 사이다, 환타 등 탄산음료가 왜 그렇게 맛있던지 까스명수도 톡 쏘는 맛에 걸핏하면 배가 아프다고 꾀병을 부려 얻어먹고는 했다. 하루는 잠결에 오줌이 마려워서 깼는데 부옇게 밝아오는 여명에 창틀에 놓인 박카스 병이 보여서 낼름 집어서 벌컥벌컥 마셨던 적이 있다. 뭔가 미끈한 게 목을 타고 넘어가며 울컥 구역질이 나는 걸 간신히 참고 다시 잠이 들었는데, 다음날 외할머니가 머리에 바르는 동백기름이 한 방울도 남지 않고 없어졌다고, 이게 무슨 조홧 속인지 모르겠다며 구시렁대는 소리에 깨어나서는 요강에 대고 그대로 토한 일도 있다.

언제부터인가 나이가 들면서 그 동네를 생각하면 어쩐지 아늑하고 포근한 생각이 든다. 아이들이 집집마다 어찌나 많던지 왁자지껄하는 웃음소리가 낮에나 밤에나 골목마다 가득했다. 담장 너머로 죽여라, 사네 못 사네 고함지르며 때리고 울부짖고 하다가도 아침이면 일터로 나가는 가장에게 도시락을 챙겨주며 퉁퉁 부은 얼굴로 배웅하는 아낙네들의 모습을 종종 보게 되던 그곳. 수돗가에 모여 빨래하고 물을 받던 광경이 사무치게 그리워질 때가 있다. 비 오는 날이면 모두들 비좁은 방안에 틀어박혀 조용했고, 루핑 지붕을 타고 처마끝으로 흘러내리는 빗소리와 함께 밀려드는 낮잠은 달콤했다.

그가 처음 내 손을 잡았던 날이 생각난다. 어느 날 우리는 동네를 멀찍이 벗어나보기로 했다. 그날 광화문까지 나가서 〈러브 스토리〉를 보았다. 올리버와 제니가 눈싸움하던 장면은 지금도 생생하다. 제니가 백혈병으로 죽어갈 때 나는 펑펑 울었다. 그때 그가 내 손을 잡았던 것 같다. 나는 그냥 손을 잡힌 채로 한 손으로 뺨에 번진 눈물을 훔쳤다.

그가 일류 대학에 원서를 접수하고 불안해하던 것이며 합격했을 때 달골시장 상인들은 물론이고 온 동네가 경사났다고 들썩대던 일을 어떻게 잊을 수 있을까. 그해 겨울에 세상은 온통 박민우의 것 같았다. 방학 때여서 그와 함께 사흘이 멀다 하고 나돌아다녔다.

나도 곧 고삼이 되었다. 대한민국 최고의 대학에 진학한 박민우는 점점 동네에서 보기가 어려워졌다. 한동안 연락이 닿지 않아서 어쩌다가 시장에 어묵을 사러 가면 부끄러움을 무릅쓰고 민우 오빠 언제 집에 오냐고 물었던 적도 있다. 그는 몇 달에 한 번씩 집에 다니러 와도 잠깐 가게에만 들러서 점심 한끼 후딱 먹고 가버린다고 했다. 부잣집 입주 가정교사로 들어가 학비는 스스로 벌고 있다기에 나도 그 못지않게 해내려고 열심히 공부했다. 일 년만 참으면 나도 이 동네를 벗어나리라 이를 악물었다.

여기서 이야기가 툭 끊겼다. 차순아는 내게 무슨 얘기를 하고 싶은 것일까. 왜 새삼스럽게 자신의 이야기를 장황하게 늘어놓는 것일까. 그리고 이 이야기의 결말은 무엇일까. 여러 가지 의문이 꼬리를 물고 이어지며 어렴풋했던 기억들이 하나둘씩 또렷하게 떠오르기 시작했다. 나는 그녀가 기억하듯 대학에 진학한 얼마쯤 후부터는 여행자처럼 달골에 가끔씩 들렀고 그러다가 군대에 가면서 자연스레 그곳과 멀어졌다. 군 제대 후 복학해서는 취업 준비를 하느라고, 졸업한 뒤에는 현산에서 정신없이 일에 빠져 지내느라 일 년에 한두 번 들를까 말까 했다. 내가 유학을 떠날 때쯤에 우리집은 전세살이를 벗어나 이사했고, 새집으로 간 지 얼마 안 되어 아버지가 돌아가셨다. 그뒤 십여 년 동안 곳곳의 산동네가 도시재개발 정리지구가 되어 이웃들은 뿔뿔이 흩어졌다.

어쨌든 나는 운좋게 명문 대학에 입학하는 것으로 다른 길에 들어서는 행운을 잡았다. 산동네에 살 적에는 모르고 있었지만 일단 거기서 벗어나자 또다른 것들이 눈에 보였다. 우선 그 동네에서는 이웃집 대부분이 전라도 사람들이었고, 경상도 사람들은 우리 식구나 차순아 식구처럼 어쩌다가 콩나물시루에 잘못 들어가 뿌리를 내려버린 강낭콩 같은 존재들이었다. 밑바닥에서는 별다를 게 없는 것 같았지만 그 좁은 세계를 일단 벗어나자 영남 출신이란 점은 그들과는 전혀 다른 조건이 되었다. 경상도 출신의 장군과 정치인들이 대를 이어 정권을 잡았고 기업인들도 경상도 출신이 많아서였을까, 관공서나 회사에 가면 사투리의 억양만 듣고도 피차 마음이 놓인다는 식이었다. 나도 부모를 따라 서울로 올라가지 않고 영산읍을 거쳐 부근 도시인 대구로 나가 고등학교를 마쳤더라면 훨씬 유리했을 거라는 생각이 들 정도였다. 그랬다면 인맥이 더욱 확고했을 테고 힘든 것도 절반쯤으로 줄어들었을 것이다. 한 다리 건너면 동창이요 족보를 따지면 인척이며 고향이 가까운 사람들이 요소마다 깔려 있었으니 말이다.

대학에 가자마자 유신독재가 시작되어 시국이 어수선했고 하루가 멀다 하고 시위에 휴교령까지 거듭되었으며 학교에 가보면 어느 날 갑자기 구속되어 강의실에 나타나지 않는 동급생들이 늘어갔다. 나는 다시는 달골로 돌아가지 않을 작정이었다. 눈가리개를 한 노새처럼 도서관과 강의실을 묵묵히 오가며 다른 길은 쳐다보지도 않았다. 그러는 틈틈이 입시 과외를 몇 시간씩 뛰어다니고 학교 부근 자취방으로 돌아가 쓰러지는 것이 당시 나의 일상이었다.

자취방은 지방 출신 다른 녀석과 함께 썼다. 남과 함께 한방을 쓰는 것도 불편한데 더구나 취사를 같이 해서 한솥밥을 먹는 일은 더욱 어려운 노릇이었다. 게다가 녀석은 얼치기 운동권이었다. 내 눈에는 그렇게 보였다. 차라리 민중을 찾아 공장에 들어가든지 농촌으로 찾아가든지 하는 게 아니라 유인물이네 불온도서네 하는 것들을 숨겨와서는 우리 방에서 몇몇이

학습하는 게 고작이었던 것이다. 녀석 때문에 자취를 포기하고 입주 가정교사를 시작했는데 그것도 운이 좋았던 선택이었다. 읍사무소 서기였던 아버지의 신분으로는 좀처럼 접근하지 못할 사람들의 세계에 들어설 기회를 잡게 된 것이다.

젊었을 때에는 그렇게 냉소적으로 세상을 바라보진 않았다. 잘못된 것에 저항하는 이들을 이해하면서도 참아야 한다고 다짐하던 자제력을 통하여 나는 자신을 용서할 수 있었다. 세월이 흐르면서 그것은 일종의 습관적인 체념이 되었고 겉으로는 내색하지 않고 차갑게 자신과 주위를 바라보는 습성이 생겨났다. 그것을 성숙한 태도라고 여겼다. 대부분의 사람들이 숨가쁜 가난에서 한숨 돌리게 되었던 때인 팔십년대를 거치면서 이 좌절과 체념은 일상이 되었고, 작은 상처에는 굳은살이 박여버렸다. 발가락의 티눈이 계속 불편하다면 어떻게든 뽑아내야 했는데, 이제는 몸의 일부분이 되어버렸다. 어쩌다가 약간의 이질감이 양말 속에서 간신히 자각될 뿐.

6

자물쇠가 두 개나 달린 방문을 열자 익숙한 냄새가 풍겨왔다. 여러 가지 냄새가 섞여 있었지만 어쩐지 냉기가 서린 듯한 곰팡이 냄새가 가장 강하다. 비탈을 파서 지은 집이라 이 방은 입구 쪽만 빼고 디귿자로 땅속에 거의 파묻혀 있었다. 땅 위로 간신히 올라와 있는 직사각형의 자그마한 창문은 쇠창살로 막아놓았고, 어쩌다 창을 열면 보이는 것이라곤 골목을 오가는 사람들의 다리뿐이다. 더구나 뒤쪽 벽은 방수처리가 제대로 안 되었는지 여름엔 습도 때문에 겨울에는 안팎 온도 차이로 늘 물기를 머금고 있어서 곰팡이가 터를 잡고 깊이 뿌리를 내렸다. 작년 여름 장마 때 한 번 물이 찼다 빠진 후로는 상태가 더 심해졌다. 김민우는 이런 데서 살면 없던 병도 생기겠다며 방수액을 사다 뿌리고 그 위에 스티로폼을 대고 다시 도배를 해주었다. 그러나 겨울을 나면서 곰팡이는 스멀스멀 또다시 번지기 시작했다. 올여름엔 비가 적게 왔는데도 곰팡이는 맹렬하게 제 흔적을 남겼다. 걸레에 락스를 적셔 박박 닦아내도 그때뿐이다. 얼룩이 넓게 번져 있는 것을 보며 누워 있노라면 갑자기 질식할 것처럼 숨이 막히고 발작적으로 소리를 지르고 싶어진다. 그나마 이제 건기에 접어들어 몇 달간은 살 만하겠지. 나는 새삼 방안을 둘러본다. 매트리스 하나, 한쪽에 싱크대와 가스레인지, 전자레인지, 중간 크기의 냉장고와 역시 어두운 다용도실에 세탁기, 합판 책상과 의자 하나, 옷장, 방 천장과 싱크대 위 천장에 창백한 형광등 두 개, 이게 전부다. 나 혼자서 이 정도면 제법 많은 살림 아닌가. 방세가 한두 달씩 밀려도 많이 불평하지 않는 주인의 입장에서는 나 같은 세입자를 구하기도 쉽지 않을 테고, 나 역시 주인에게 이런저런 요구를 할 입장이 아니라 국으로 참고 지내는 거다.

낡은 매트리스 위에 몸을 누이고 한참을 멍하니 누워 있다가 어쩐지 잠이 들 것 같지 않아서 몸을 일으켜 컴퓨터 앞에 앉았다. 최근 몇 달간 불면증으로 고생하면서 제대로 먹지도 못했더니 원형탈모가 와서 방안 여기저기에 흩어져 있는 머리카락이 신경을 거스른다. 밤새 편의점 일을 하고 와서 지쳐 쓰러지면 그대로 꿀잠을 잤던 일이 언젯적 일이던가.

요즘 내 일은 편의점에 나가는 시간 외에는 집에 틀어박혀서 비몽사몽 인터넷을 하거나 혼자 되는대로 끄적여보는 정도다. 얼마 전부터는 공연일도 접고 시나리오 공모에나 내볼까 하는 마음으로 작품을 준비하고 있는데, 연극 대본 쓰던 습관 때문인지 영화적 구성이 쉽지가 않다.

인터넷으로 수많은 정보를 접할 수 있어서 외출을 하지 않아도 세상 돌아가는 게 빤히 보인다. 글이 잘 써지지 않으면 불법 다운로드한 영화도 보고 가끔은 게임도 한다. 글쓰기든 게임이든 연극판이든 내게는 가상의 세계다. 최근 시작한 게임은 뭐랄까, 아주 창의적이다. 인터넷으로 화투를 쳐도 이보다 재밌지는 않다. 어쨌든 상대가 있는 게임이니만큼 실수를 하지 않으려면 준비를 잘해야 한다. 나는 최근에 새로 만든 폴더를 연다. 폴더 이름은 '강아지풀'이다. 지금까지 써놓은 내용을 찬찬히 읽어본다. 어젯밤 두통이 심해져서 더는 작업하지 못하고 어설프게 끝내놓은 마지막 문장에서 커서가 깜박이고 있다. 행을 바꿔서, 지금 생각해보아도 그때 일은 내 평생에서 큰 사고였다, 라고 문장을 시작하다가 곰곰 생각해보았다. 나라면 과연 이런 고백을 할 수 있을까? 어쩐지 적절치 않아 보인다. 이 대목부터가 영 쓰기가 어렵다.

인터넷 창을 열고 메일을 확인한다. 쓸데없는 메일들을 스팸 처리하고 지워나가다가 며칠 전 보낸 메일의 수신 확인을 한다. 읽음. 그런데 아직 답장은 없다. 나는 무엇을 기다리고 있는 것일까.

나는 인터넷 메인 화면에 떠 있는 온갖 기사들을 훑어본다. 사는 게 팍팍해서인지 최근 들어 끔찍한 살인 사건이 많아졌다. 알고 보면 대부분 돈 때문이다. 건설 관련 기사들을 읽다가 나는 습관적으로 검색창에 박민우라는 이름 석 자를 적어넣는다. 그에 관한 정보가 일제히 떠오른다. 그가 한강디지털센터의 프로젝트를 맡았다는 오래전 기사도 눈에 띈다. 일련의 기사들, 블로그, 카페, 이런저런 그의 사진들, 동영상, 트위터 등등 한 사람을 아는 데 필요한 정보가 넘쳐난다. 그러나 그것들이 정말 그를 전부 말해줄 수 있는 것일까? 나는 얼마 전 그가 쓴 『비움과 채움의 건축』이라는 책을 한 권 구입했다. 하루 육만원 벌어 책 한 권 사는 데 무려 만오천원을 쓰다니. 웬만하면 도서관에서 빌려 보고 정말 필요한 책이 아니면 사지 않는 내가 그야말로 과다출혈을 한 셈이다. 하지만 그의 글은 단순히 건축에 한정되었다기보다 많은 이야기를 담고 있어서 책을 사길 잘했다는 생각이 들었다. 그의 강연장에 찾아갔을 때 들었던 강연 내용이 상당 부분 글에도 반영되어 있었는데, 그가 어떤 생각을 하고 있고 어떤 철학을 지닌 건축가인지 그의 글을 보니 좀더 선명해진다.

나는 공연히 그의 이름이 김민우와 같다는 이유만으로 두 사람을 연관짓고 싶어했다. 내가 슬며시 두 사람의 관련성을 넘겨짚었을 때 김민우의 어머니는 한심하다는 듯 웃으며 말했다. 너 상상력이 그것밖에 안 되니? 그냥 드라마를 써라, 드라마를 써. 다시 컴퓨터 화면으로 시선을 돌린다. 인터넷 창을 닫고 바탕화면의 폴더들 중 하나를 연다. '검은 셔츠'.

지난해 장마로 내가 살던 반지하방이 침수되었을 때의 일이다. 나는 집안에 들어갈 엄두도 내지 못하고 그에게 연락했고 그가 고물 지프를 타고 달려왔다. 우리는 둘 다 아무 말도 하지 않고 방과 부엌에 들어찬 흙탕물을 집밖으로 퍼냈다. 방도 젖고 침구도 젖어서 며칠 동안 집에 들어가지 못했다. 나는 역시 지하였던 소극장 무대에서 캠핑용 에어매트를 깔고 지냈다. 그걸 보고 김민우가 차라리 자기 집으로 가자고 했다. 결국 나는 그의 집에서 며칠만 신세를 지기로 했다. 결혼할 사이도 아닌데 집에까지 가는 것이 부담스러웠지만 달리 뾰족한 수도 없었다.

김민우의 어머니 집은 부천에 있었는데 작은 방 하나에 주방 겸 거실 공간이 있는 열네 평짜리 임대아파트였다. 우리가 문을 열고 들어서자 집에는 아무도 없었다. 김민우는 라면을 끓여서 둥근 밥상 위에 김치와 함께 차려 내놓았다. 십이층이라 창으로 바람이 시원하게 불어들어왔다. 내 반지하방 거처에 비하면 여기는 그야말로 사람이 살 만하다고 생각했다. 문에서 주방 겸 거실로 이어지는 통로 벽에는 이 집에 어울리지 않게 긴 책장이 있었는데, 제법 많은 책들이 꽂혀 있어서 나는 조금 놀랐다. 내가 읽은 책도 보였고 내가 읽고 싶어했던 책들도 있었다.

독서 많이 하시네. 이거 형 책이에요?

엄마가 책을 좋아해서…… 덕분에 나도 곁다리로 봤고.

김민우가 청소기를 돌리기 시작했고 나도 그를 도와 싱크대 주변이며 화장실을 물청소했다. 그의 어머니는 밤 열한시가 넘어서 귀가했다. 나중에 들었지만 그녀는 중심가의 대형마트에 일하러 다녔다. 육십대 초반인데도 예쁘고 소녀처럼 보이는 면이 있었다. 다만 몸매는 둥그스름하게 나잇살이 올랐다. 그녀는 나의 방문에 즐거운 기색으로 근처 편의점에서 맥주와 안줏거리를 사온다 과일을 깎아낸다 분주히 움직였다. 우리는 알루미늄 쟁반 같은 구식 밥상을 중심으로 둘러앉았다.

방에 물이 들어서 며칠만 있을 거예요.

김민우가 제 어머니에게 허락을 구했고 그녀는 아무렇지도 않게 응낙했다.

우리는 서로 얼굴 보기도 힘들잖아? 식구가 있으면 나도 좋지.

그녀는 나에게 뭘 하느냐, 가족은 어디 사냐, 우리 아들과는 어떤 사이냐 따위를 묻지 않았다. 다만 몇 살이냐고 물었다. 스물여덟이라고 그랬더니 참 좋은 나이라고 했다. 철도 들었을 테고 세상살이의 어려움도 어느 정도 알 때인데다 아직 젊고 활력이 있지 않느냐는 것이었다.

아니에요. 세상물정을 모른다니까. 오죽하면 다니던 직장 때려치우고 연극하러 다니겠어요?

김민우가 말했고 그의 어머니가 내 얼굴을 새삼 찬찬히 들여다보더니 고개를 끄덕였다.

그래두 대단하다. 연극하면서 버틴다 그거지?

아들은 시계를 한번 힐끔 보더니 일어났다.

나는 가볼게요.

얘, 모처럼 집에 왔는데 자구 가. 손님두 있잖아.

낼 새벽부터 일 나갈 데가 있어요. 우희씬 여기서 며칠 묵지 라구. 어머니, 괜찮죠?

나야 괜찮대두.

김민우가 자신이 지내고 있는 고시원으로 돌아간 뒤에 그의 어머니와 나는 남은 맥주를 비우려고 자정을 넘길 때까지 함께 앉아 있었다.

우희는 결혼 안 해?

그녀가 불쑥 물었을 때 나는 당황하지 않았다. 주위 어른들을 만나면 그 무렵에 심심치 않게 듣던 말이었기 때문이다. 나는 그저 배시시 웃었다.

다들 포기하고 산대요.

그냥 사랑하구 살면 되지. 부자건 가난뱅이건 겉으론 아무렇지 않은 척하구 살지만 내막은 모두 삭막하다구. 우리 같은 사람들은 늘 똑같애. 나아지는 것두 없구 달라지는 것두 없어.

그래두 어머니는 전혀 고생하신 분 같지가 않아요. 아직도 젊고 예쁘시고 부잣집 마나님처럼 보이세요.

내 말에 김민우 어머니는 대번에 웃으며 맞장구를 쳤다.

그렇게 말해주니 고맙네. 나도 우희 나이 때는 이쁘단 소리 좀 들었지.

나는 그 집에서 나흘을 더 지냈고 그사이에 김민우는 친구를 불러다 내가 사는 집의 하수구를 고치고 방에 도배도 해주었다.

김민우의 어머니는 말수가 별로 많지는 않았지만 밝고 상냥

한 성품이었고, 내가 연극 대본을 쓴다고 하니까 친밀감이 느껴졌는지 제법 많은 이야기를 해주었다. 옛날에는 수필을 써서 여고 교지에 실린 적도 있다고 했고 민우 아버지가 책을 좋아하던 사람이었다고 그랬다. 그는 사고로 누워 지내다가 일찍 세상을 떠났다. 김민우는 그들 부부에게 당시로서는 늦자식이었다. 민우 아버지를 만나기 전에 먼저 딸을 낳았는데 홍역으로 잃었다. 전에는 일대가 복숭아밭이었는데 봄이면 복숭아꽃이 만발해서 꿀벌이 파리보다 많았다고 했다. 그녀는 내가 며칠 신세 지고 떠나던 날 불쑥 말했다.

우희는 나하구 같이 살면 좋겠다.

고맙습니다. 자주 놀러올게요.

어느 날 김민우가 불쑥 물었다.

우희씨는 뭣 때문에 연극을 하지?

나는 한참이나 대답을 못하고 뜸을 들였다. 평소에는 이렇게 들이대고 묻는 일이 없어서 나는 좀 당황했다.

그건 뭐 내가 좋아하는 일이고……

우희씨는 계속 연극을 하고 싶지만 생활이 안 되니까 알바를 하는 거고, 나는 왜 이러구 있는 걸까?

그야 하고 싶은 일을 해야겠는데 생활이 안 된다는 점은 형이나 나나 같잖아?

김민우는 언제나 그렇듯 어눌하게 천천히 말했다.

아니, 같지 않아. 나는 우희씨처럼 하고 싶은 일이 없다구. 나는 그저 이 세상에 나 같은 사람도 존재하고 있다는 걸 확인하려고 닥치는 대로 이 일 저 일 하고 있는 거 같아. 사람은 누구나 내일을 예측하면서 오늘을 사는데, 나는 지난 십 년 가까이 땅에다 발을 붙이지 못하고 떠다녔어. 그래도 해마다 조바심치며 재계약을 하고 나면 어느새 같이 일하던 녀석들이 사라지고 없는 거야. 그러다가 나도 잘렸지.

그는 가을에 쫓겨난 수벌들에 대해 말했다. 싸늘한 오전에는 죽은듯이 꼼짝 않고 벽이나 나무에 붙어 있다가 가을볕이 제법 따스한 한낮이 되면 비실거리며 시든 국화꽃 사이로 날아다닌다고. 양식을 축내기 때문에 집에서는 일벌들이 받아주지 않고 쓰임새가 끝난 수벌들은 돌아갈 곳 없이 그렇게 하루이틀 떠돌다가 서리 내린 땅에 떨어져 죽는다. 그는 또한 서부영화 얘기도 했다. 개척민들이 정착지에 당도하면 지평선을 향하여 말을 달려나가 깃발을 꽂고 주변 땅 수만 평씩을 차지한다. 그런 식으로 전 국민을 제주도나 남해안쯤에 모아놓고 제각기 깃발을 들고 달려가 집을 차지하도록 하면 어떻게 될까. 아마도 자기 같은 놈은 어머니의 임대아파트로 헐레벌떡 달려가 모자가 함께 비좁은 방구석에 누워 안심하며 가슴을 쓸어내리고 있을 거라고 말했다.

그가 해고되기 전의 마지막 현장은 철거지역에서 용역을 관리하는 과장의 보조였다. 그와 같은 임시직이나 과장, 대리 등의 정직원들 그리고 용역회사에서 보낸 일용 인력들 모두가 이러한 사업이 어떻게 진행되어왔는지 모두 알고 있었다. 건설업체는 컨설팅사무소와 도시계획위원회 그리고 시의원, 구청 등과의 관계가 거미줄처럼 얽혀 있고, 이권을 받은 조합 추진위원장과 대의원들을 내세워 일사천리로 개발을 밀어붙여온 것이다. 달동네 주민들은 그 자리에 새로 세운다는 아파트에 입주할 능력이 없으니 어디론가 떠나야 한다. 얼결에 자기 집을 잃은 사람들은 이미 몇 번쯤 이런 식으로 이사를 했고 더이상 갈 데도 없다. 여기가 열 군데 넘게 돌아다녀서 간신히 정착했던 곳이라고 말하는 이가 대부분이다. 그들은 엉성하게 항의 현수막도 만들고 아이들부터 노인과 아낙네들까지 줄지어 늘어서서 외쳐도 보지만 포클레인을 앞세우고 쇠파이프와 해머를 들고 외계인처럼 돌진하는 철거용역 앞에서 단 몇 분 만에 무너지고 만다.

예전 달동네 정비사업 시절에는 그래도 집집마다 찾아다니며 회유하고 도장도 받아내고 했다는데 요즈음은 재건축조합

회의로 끝내버린다. 회사에서는 되도록 유혈사태가 벌어지지 않게 신체 접촉이나 폭력을 자제하라고 미리 주의를 주지만 그것도 나중에 책임 소재를 분명히 해두려는 요식행위에 지나지 않는다. 밀치고 당기고 넘어지고 쌍소리를 하거나 모욕을 주고 부녀자의 옷을 찢고 혈기방장한 자는 따귀를 때리고 넘어뜨린다. 동네 안에서 제법 번듯한 건물을 포클레인이 굉음 소리를 내며 가차없이 짓부수기 시작하면 저항하는 사람들 사이에서 무력한 울음과 비명이 터져나온다. 대개는 최초 사나흘쯤 저항이 있고 나서 무너진 집들의 잔해와 쓰레기가 길을 메우기 시작하면 한두 가구씩 떠나고 주민공동체는 집과 함께 파편처럼 흩어져버린다.

김민우는 철거가 계속되는 동안 맞춤한 빈집을 봐두었다가 용역들과 함께 들어가서 숙식하며 현장을 지켰다. 철거지역이 완전히 폭격 맞은 것처럼 건축폐기물로 뒤덮이고 트럭들이 줄지어 들어와서 잔해를 말끔히 치우고 나면 거대하게 보였던 주거지는 도시의 주변 건물들 사이에 작고 초라한 유휴지로 본래 모습을 드러낸다. 김민우는 철거현장에서 한 달쯤 지내면서 함께 숙식하다 용역으로 나온 자들과 자연스레 친구가 되었다. 그는 쌍소리를 단어의 마디마다 내뱉던 같은 또래의 거친 녀석과 친해졌다. 용역 조장이던 그는 폭력으로 별이 두 개였다. 용역은 철거 전문 인력과 경비 인력을 적절히 배치하기 마련인데, 경비 인력이란 체격 좋고 몸싸움도 할 수 있는 자들로 건설현장뿐만 아니라 노동쟁의 현장에도 파견된다. 그는 김민우와 같이 술을 마시다가 자기의 꿈이 뭔지 아느냐고 물었다.

대단하군, 아직도 꿈이 있단 말이지?

내가 빵에서 같이 살던 놈이 있었지. 그 자식이 얼굴도 예쁘장하니 꼭 제비족처럼 생겼는데 말이지, 뭐 룸살롱 악사를 했다나. 자식이 맨날 취침시간에 뭘 그리고 있더라고. 억지로 뺏어 봤더니 무슨 설계도 같아서, 이게 뭐냐 그랬더니 과천경마장이래.

뭐야, 경마해서 크게 한탕하는 게 꿈인가?

크게 한탕은 맞는데, 거길 털자는 거지.

그는 출소한 뒤에 악사를 다시 만나지 못했지만 녀석의 계획을 잊지 못하고 직접 경마장에 찾아가서 둘러보았다. 수십 군데의 발매소가 있는데 한 곳에서만 주말에 수백억이 쌓인다. 각 발매소는 여직원과 경비 한 사람씩 근무하고 출입문은 전자식 자동자물쇠가 달려 있다. 번호는 사람이 출입할 때마다 매번 바뀌며 비상시에는 저절로 폐쇄된다. 발매소 여직원을 한패로 만들면 가장 수월한 작업이 될 거다. 최소한 공범이

네 명은 필요할 거라고 그는 덧붙였다.

영화를 너무 많이 본 거 아냐?

김민우의 말에 그는 별다른 대꾸 없이 휴대전화로 찍어온 경마장 부근의 사진을 여러 컷 보여주었다. 어쨌든 그런 큰 꿈을 간직한 용역 사내와 그는 달포를 같이 살았다.

하루는 포클레인 기사가 작업의 고충을 알려왔다. 언덕 맨 끝에 있는 집의 가족이 끝까지 버티고 있어서 주변 정리를 하는 데 애를 먹고 있다는 것이다. 그가 경비용역들 몇 명을 데리고 달려가보니 포클레인은 담을 허물고 마당 안으로 진입한 채 아직도 엔진 소리를 내며 멈춰 있었다. 포클레인 앞에는 노인이 드러누워 있었고 아들인 듯한 중년 사내가 각목을 쳐들고 서 있었으며 아낙네 둘과 아이 셋이 있었다. 아이들 중 십대로 보이는 말라깽이 키 큰 소년이 뭐라고 부르짖으며 몸을 비틀고 있는 중이었다. 조장은 늘 하던 대로 지시했다.

뭐야, 겨우 어른 넷이잖아. 어른들부터 끌어내!

용역들에게 이런 일은 너무도 쉬운 일이어서 서두르지 않고 느릿느릿 그들에게로 다가갔다. 진정하시라고, 이러다 다친다고, 그래봤자 이제는 다 끝난 일이라고, 제각기 한마디씩 타이르고 얼러대면서 가족 네 명을 하나씩 맡아서 마당 바깥쪽으로 끌어냈다. 여자들은 발버둥쳤고 노인은 그냥 허우적대며 끌려나왔지만 가장인 듯한 사내는 각목을 휘두르며 저항했다. 김민우와 합숙하던 조장은 그가 휘두르는 몽둥이를 손으로 턱 받아쥐고는 한번 비틀어 빼앗아 멀찍이 던져버렸다. 아이들은 울며불며 끌려나오는 어른들을 따라오는데 말라깽이 소년이 뭐라고 괴성을 지르며 거대한 손처럼 움직이기 시작한 포클레인 쪽으로 뛰어갔다. 아무도 뭐라고 주의를 주거나 말릴 겨를이 없는 중에 아이는 방향을 돌리는 기계의 쇠팔에 정통으로 얻어맞았다. 아이의 가냘픈 몸이 바람에 날린 빨래처럼 위로 흐느적 솟았다가 툭 떨어졌다. 뒤늦게 엔진이 꺼지고 기사가 운전석에서 내려왔다. 그는 시멘트 블록의 잔해 위에 쓰러진 피투성이 소년을 바라보고 다시 용역들에게로 얼굴을 돌리며 외쳤다.

모두 봤지? 지가 차에 뛰어들었다구.

완력에 끌려나왔던 아낙네가 새된 소리를 지르며 쓰러져 있는 소년에게 엎어졌다. 용역 조장이 김민우에게 말했다.

재수없게 됐네. 얼른 병원차 불러.

김민우는 앰뷸런스를 불렀고 본사에도 전화했다. 피투성이의 가족들이 미친듯이 그들에게 달려들었다. 소년은 현장에서 절명했는데 지적 장애아였다고 한다. 기자들이 몰려왔고 공사는 한동안 중단되었다. 김민우는 본사로 가서 한 달쯤 대기하다가 해고되었다. 그는 친구가 되었던 그 용역 조장을 다시는 만나지 못했다. 과천경마장은 주말마다 인파로 들끓었지만 아무 일도 일어나지 않았다.

7

사람의 기억이란 같은 상황을 경험해도 시간이 흐르고 나면 무심히 잊거나 당시의 감정 상태에 따라 왜곡된 줄거리로 남아 제각각 다른 얘기를 할 때가 있다. 차순아와 나의 경우가 그렇다. 그녀는 내가 대학에 가고 나서 너무 쉽게 그녀와 산동네를 잊은 것처럼 과장되게 묘사하고 있지만 꼭 그런 것만은 아니었다.

차순아가 보내온 메일을 다시 한번 찬찬히 읽다가 대학에 입학한 후 처음 산동네에 갔을 때의 일을 떠올렸다. 일학기가 종강되고 나서야 학교와 자취방을 벗어나 잠시 산동네로 돌아갈 수 있었다. 나는 오후에 가게로 나가 아버지 대신 어묵 튀기는 일을 도와주었다. 일하던 누나 하나가 기름솥에 손을 데어 그만두는 바람에 일손이 부족했다. 여름엔 비수기라 업소들이며 분식집 주문량이 많지 않아서 찬바람이나 불면 사람을 더 충원하기로 했다. 축축하고 무더운 장마철인데도 연탄불에 뜨겁게 끓고 있는 기름솥 앞에서 일하면 등과 가슴으로 땀이 줄줄 흘러내렸다. 그나마 생선살을 기계에 갈아내고 비지와 전분을 섞어 반죽하는 일은 한결 고생이 덜했다. 짧은 며칠 동안 나는 한쪽 다리가 불편한 아버지의 몇 년에 걸친 노동이 쉽지 않았다는 걸 뼈저리게 느낄 수 있었다.

부모님은 방학 동안의 내 조력이 못내 불편했던 듯싶다. 어머니는 주위 상인들에게 대학생 아들을 자랑하기 바빴지만 과묵한 아버지는 손님들이 많아지는 저녁 무렵이 되자 자꾸만 나를 기름솥 앞에서 밀어냈다.

나는 전처럼 찢어지거나 모양이 틀어진 어묵을 한 뭉치 싸들고 중앙통으로 올라갔다. 국숫집의 판자문을 열고 들어서니 순아 어머니가 나를 반겼다.

옴마야, 언제 이렇게 어른이 다 되어뿌렀노? 밖에서 만나면 못 알아보겠구마.

순아 어머니가 호들갑을 떠는 바람에 그녀의 아버지도 나오고 뒤이어 그녀도 얼굴을 내밀었다. 그런데 순아의 얼굴은 매우 수척했고 표정이 어두웠다. 그냥 말없이 고개만 까딱 숙여

보이고는 도망치듯 방안으로 들어가버렸다.

나는 누나도 여동생도 없는 집안에서 자랐고, 우리 때만 해도 남녀공학이 거의 없던 시절이라 여자에 대해서는 무지했다. 순아가 무엇 때문에 그렇게 나를 대하는 태도가 냉담해졌는지 이해할 수가 없어서 몹시 당황했다. 한편으로는, 지금 내가 한가하게 동네에서 알게 된 예쁜 소녀에게 정신을 팔 때인가 하는 부끄러운 마음이 들었고, 멀고먼 앞길을 열어나가려면 정신을 차려야 한다는 다짐으로 섭섭한 감정을 다스렸다.

현대극장 뒷골목의 재명이 형네 구두터에 들러보았다. 그때는 재명이 재근이 형제에게도 역량이 생겨서 골목 안쪽의 건물 일층에 일곱 평 정도 되는 일터가 생겼다. 이전에 골목길 모퉁이에 각목 기둥을 세우고 천막을 쳤던 구두터에서 이제는 번듯한 점포를 갖게 된 것이다. 점포는 안쪽에 재명이 형이 책상과 의자를 놓고 앉아 있는 공간과, 아이들이 접는 의자와 낚시의자를 줄지어 늘어놓고 구두를 닦는 작업 공간으로 나뉘어 있었다. 한쪽엔 찍어온 구두를 순서대로 닦아 걸어놓았고, 직접 찾아온 손님들은 의자에 앉아서 신문이나 주간지를 들춰보며 구두가 닦이길 기다렸다. 그들은 더이상 극장과 다방 옆을 지키지 않고 삼거리 일대를 돌아다니며 구두를 찍어왔다. 재명이 형이 십여 명을 데리고 있었고 재근이도 여덟 명을 데리고 달골시장 입구에 버젓한 본부를 꾸린 것이다.

나는 뒤늦게 그 태권도장 사범 얘기를 전해들을 수 있었다. 그는 재섭이 형에게 실신할 정도로 맞고 나서 한동안 소식이 없더니 토막이를 통해 재명이 형과 정식으로 한판 뜨자고 도전해왔다. 조건은 저녁 여섯시에 길 건너 국민학교 운동장에서 붙되, 싸움할 장본인들인 사범과 재명이 형 그리고 서로 한 사람씩만 참관인으로 데리고 나오자는 거였다. 재섭이 형은 원래 집에 붙어 있지 않던 몸이고 전과도 있어서 사고를 친 후에는 산동네에 돌아오지 않았다. 아마도 토막이는 재명이 형 정도라면 자기가 모시는 사범이 쉽게 꺾을 수 있으리라 생각했던 모양이었다. 그러나 재섭이 형보다는 재명이 형이 여러 가지 운동을 익혔고 실전에 능한 거리의 싸움꾼이라는 사실을 그들은 모르고 있었다. 그렇다 해도 그들 보기에 재명이 형은 자기 말처럼 집 동네에서 발붙이고 밥 벌어먹고 사는 처지라 사고를 칠 수 없다는 약점이 있었다. 재섭이 형은 기왕에 전과도 있고 가족을 떠난 몸이라 자유로웠고 어떠한 속임수나 임기응변도 가리지 않는 싸움꾼인데 사범이 말려들었다는 게 그들의 판단이었다. 째깐이와 재명이 형은 오랜만에 내 얼굴을 보자 신바람이 난 듯 다투어 과장된 몸짓을 해가며 그 전말을 자세히 들려주었다. 째깐이가 말했다.

그랑께 지난 오월이었지 아마? 낭중에 사범이 즉각 태권도장을 걷어치운 걸 보믄, 그치가 자기 밥줄이랑 체면을 모두 걸었던 모냥이여.

저녁 여섯시의 운동장에는 공놀이를 하는 몇몇 아이들과, 어른 자전거를 끌고 나와 넘어지고 붙잡아주고 하면서 자전거 배우기에 열중해 있는 국민학생 두어 명이 있을 뿐이었다. 재명이 형은 째깐이를 데리고 나가서 교문 앞에 기다리고 있던 토막이와 사범을 만났다. 남들 눈도 있는데 조용한 데로 가지. 사범이 말했고 재명이 형은 교사 뒤쪽이 조용하다고 대꾸했다. 그곳은 학교 담이 가로막고 있었고 나중에 주차장을 만들었을 정도의 널찍한 뒷마당이었다.

사범은 도복 차림에 점퍼만 걸치고 있었고, 재명이 형은 그래도 딱새 사장이라고 싸구려 양복을 입고 있었다. 점퍼를 벗어 토막이에게 맡긴 사범이 목을 좌우로 흔들어 뚜둑, 하는 소리를 내며 몸을 풀고 나서 띠를 한번 더 질끈 묶었다. 재명이 형도 양복 상의를 벗어서 째깐이에게 주고는 목 부근의 와이셔츠 단추를 두어 개 풀어헤쳤다. 두 사람이 자세를 취하고 잠깐 움직이다가 사범이 먼저 달려들며 돌려차기를 했다. 재명이 형은 피하면서 어느 결에 상대의 옷깃을 잡고 그의 몸을 허리에 얹어 넘어뜨렸다. 일어서려는 그의 면상을 사정없이 정권으로 내질렀다. 한 번 두 번 세 번, 사범은 태권도 동작을 제대로 써보지도 못하고 지난번처럼 혼절해버렸다.

대결을 끝내는 데는 오 초도 걸리지 않았을 거라고 째깐이가 말했다. 재명이 형은 얼빠진 듯 바라보는 토막이에게 한마디 일렀다.

걔 믿고 어디 이 동네서 살겄냐? 앞으로 자중해라이.

째깐이는 운동 수십 단도 못 믿는다며, 역시 실전 겪은 싸움꾼은 꺾지 못한다고 마치 자기가 재명이 형이라도 되는 듯 우쭐댔다. 재명이 형 말대로 사범은 이 동네를 뜰 작정으로 결투를 신청했던 것 같다. 자기 운동 실력으로 재명이 형의 팔다리라도 부러뜨리고 도장을 정리할 생각이었을 테지. 결과적으로 그는 이 동네에서 태권도를 배울 제자를 모집하기가 더더욱 어렵게 되었고 속된 말로 쪽만 팔리고 퇴장했다.

토막이는 좀처럼 기가 죽을 녀석이 아니었다. 그는 재명이 형을 만나면 건성으로 안녕하쇼, 어쩌고 하면서 얼른 사라졌지만, 째깐이와 부딪치면 을러댔다.

느이 형 언제든 밤길 조심하라고 그래라.

재명이 형이 일러서 째깐이 일터에서는 가끔씩 토막이 일행에게 밥값을 주기도 했다. 째깐이가 아니꼽고 치사하다고 항의하면 재명이 형은 그랬다.

다들 배고파서 그라제. 미운 놈 떡 하나 준다고 그렇게 쪼깐씩 베풀어야 쓴다.

그해 여름방학 직전에 토막이는 이 동네에서 도저히 용서받지 못할 짓을 저질렀다. 재명이 형은 일터 사무실 앞에 있는 구멍가게로 나를 데려갔다. 그는 맥주 두 병을 시켰다. 어쩐지 그가 나를 대하는 태도가 예전과 달랐는데, 그들 말로 '하소'식의 가벼운 높임말을 썼다. 그는 대학생이 된 내가 이미 소년이 아님을 인정하고 있었던 것뿐만 아니라 자신들이 범접하기 어려운 세계에 한 계단 올라선 것에 약간의 경외심을 가지고 있는 듯했다.

자네도 토막이라고 누군지 알겄제잉? 그 씨벌놈을 내가 젓을 담거야 쓰겄네.

재명이 형은 맥주를 병째로 꿀꺽이며 들이켰다.

어허, 속 타네 참말로. 내 말 쫌 들어보게. 얼마 전에 학교에서 돌아오는 순아를 토막이란 놈이 기다렸다가 납치하려고 했다는 것이여.

교복 상의가 찢어지고 치마가 흙투성이가 되어 울면서 헐레벌떡 공동수돗가로 뛰어오는 그녀를 마을 어른 몇 사람이 보았고, 째깐이네 구두터의 꼬마들도 보았다고 했다.

우리 동네 아이들은 거의 모두 여고생 차순아를 선망했지만 내가 순아와 가까워진 걸 아는 녀석은 없었다. 우리는 동네에서는 서로 모른 척했고 만날 때도 따로 버스를 타고 나가서 만났다가 시장 입구에 이르면 일부러 멀찍이 떨어져서 돌아왔기 때문이다.

나는 재명이 형의 말을 듣고 가슴이 찢어지는 것처럼 아팠다. 재명이 형 말에 의하면 토막이가 언감생심 몇 번이나 차순아를 따라간 적이 있고 학교 앞에서 기다리기도 했다고 한다. 그런 내막은 토막이와 함께 몰려다니던 윗동네 꼬마에게서 들었다. 재명이 형이 아이들을 시켜 꼬마 녀석을 데려오게 했다. 그리고 혼을 내기는커녕 일터 바로 앞에 있는 만석회관에 데리고 가서 불고기를 사주면서 소주 몇 잔을 먹였더니 술술 다 말해버리더라는 것이다.

내가 시방 토막이 새끼를 잡으러 갈 판인디, 자네두 같이 갈랑가?

그제야 나는 어묵을 갖다주러 갔을 때 그녀가 어두운 표정으로 피하던 것이며, 길에서 우연히 몇 차례 마주쳤을 때도 냉담하게 못 본 척 지나치던 태도가 무슨 연유에서였는지 어슴푸레 짐작이 갔다. 나는 분이 나서 토막이란 놈을 당장 쳐죽이고 싶었다. 게다가 재명이 형이 분기탱천해서 자기 일처럼 나서는 게 내 자존심을 더욱 건드렸다. 째깐이가 미리 준비했는지 연장을 내밀자 재명이 형이 말했다.

느이들이나 갖구 있어라. 나는 맨몸이 편한께.

꼬마들이 몇 명 붙어 있든디. 연장으루 조져불자고.

째깐이가 자기는 야구방망이를 챙겨들고 내게는 각목을 내밀었다. 재명이 형과 째깐이와 나는 토막이 패거리가 모이는 꼬방집을 향해 딱새 아이를 앞세워서 중앙통을 가로질러 올라갔다. 막다른 길의 왼편으로 꺾으면 다시 산 뒤쪽에 내리막길이 이어지는데, 서북편이라 더욱 형편이 좋지 않은 윗동네가 나온다. 그 두번째 골목의 길가에 그 집이 있었다. 우리가 잠시 문 앞에 서 있노라니 안에서 뭘 하고 노는지 떠들썩한 웃음소리가 들려왔다. 가만히 귀를 기울여보던 재명이 형이 소곤거렸다.

토막이 새끼가 안에 있다. 나가 들어가 닥치는 대로 조질 팅게, 니들은 여그서 나오는 새끼들 때려잡아라.

그는 판자문을 발로 차고 집안으로 뛰어들어갔다. 방안의 불이 꺼지고 창문이 부서지고 고함소리와 싸우는 소리가 들리면서 한 놈이 먼저 문밖으로 튀어나왔다. 째깐이와 나는 어둠속에서 연장을 휘둘러 머리며 등짝이며 팔다리를 가리지 않고 두들겨팼다. 놈이 널브러지고 뒤이어 다른 놈이 튀어나오면 쫓아가서 조져댔다. 그렇게 오소리 굴 사냥하듯이 네 놈을 잡은 다음에 재명이 형이 방안에서 문밖으로 상반신을 내밀고 말했다.

오매, 다 끝나부렀네.

째깐이가 흥분해서 토막이 새끼 어딨냐고 물었고 재명이 형이 대답했다.

쩌그 안에 뻗었는갑다. 나가 반쯤 쥑여부렀어야.

째깐이와 내가 안으로 들어가자 재명이 형이 부엌의 불을 켰다. 방안에는 피투성이가 된 토막이가 큰대자로 뻗어 있었다. 형광등과 소주병이며 잔들이 깨어져 방안엔 온통 유리 조각이 깔렸고 옷가지가 널려 있었다. 재명이 형이 토막이의 옆구리를 발로 툭툭 건드렸다.

어야, 일어나봐라. 새끼 엄살하네.

그를 일으켜 앉히자 토막이는 슬슬 움직이더니 두 손으로 피 흐르는 입 언저리를 닦았다. 재명이 형은 가까스로 감정을 다스리며 훈계를 늘어놓았는데, 그 순간에 어쩐지 그 사람이야말로 차순아의 남자로 보였다.

너 낼부터 이 동네서 보이면 죽는다. 니가 순아에게 못된 짓거리 한 것을 으른들은 아직 모르겄지. 야 이 새끼야, 갸 부모들이 고발허면 니는 대번 콩밥이여. 낼 당장 이 동네서 뜨라고. 늙은 니 아부지 공사장서 일허는디 니가 콩밥 먹는 꼴 보여서는 안 되겠제이. 내 말 알어들었냐?

훈계를 마친 재명이 형이 주머니에서 지갑을 꺼내더니 돈을 꺼내어 토막이의 무릎 아래 던져주었다.

차비나 혀라.

그해 가을 나는 입주 가정교사 자리를 얻어 궁상스러운 자취방 신세를 면했다. 군에 입대하는 선배가 소개한 자리를 물려받았는데 담당 학생은 고등학교 이학년이었다. 선배와 함께 담장이 높은 저택들이 늘어선 주택가로 들어서면서 조금 주눅이 들기도 했다.

천장이 이층까지 높게 뚫린 거실에서 학생 어머니를 만났다. 선배는 아이가 고교에 입학할 때부터 지금까지 맡아왔고 성적과 학급 석차가 좀 올라가긴 했지만 충분치 않다고 한숨을 쉬며 말해주었다. 원체 집중력이 떨어져서 가르쳐준 것을 가지고 다음날 문제를 내보면 말짱 도루묵이더라고 했다.

아이의 아버지는 군 장성이었다. 별이 두 개라는데 일선 사단장을 한다던가. 아들 하나에 터울이 많이 지는 어린 딸을 두었다. 가끔씩 드나드는 장교와 사병들은 모두들 부동자세로 서서 사모님에게 거수경례부터 했다.

창문을 열면 활엽수와 상록수가 빽빽한 뒷산이 내다보이는 내 방이 따로 있었지만 아이를 가르치거나 내 공부를 할 때는 그 집의 장군 서재를 이용해도 무방하다는 허락을 받았다. 나는 내 공부하랴 남 공부 시키랴, 달골시장을 까맣게 잊고 지냈다. 사모님이 집이 어디냐고 물었을 때도 영산읍이라고만 대답했다.

나는 녀석이 믿고 따르는 형이자 속마음을 털어놓는 친구가 되고자 했다. 그 녀석은 나하고 두 살 차이밖에 안 되는데 중학생처럼 철이 없었다. 아마도 어려서부터 외동아들이라고 오냐오냐 받아주며 키워서 그럴 것이다. 그러면서도 녀석은 장군 아버지 앞에 서면 말 한마디 못할 정도로 어려워했다. 처음에는 노골적으로 나를 무시하며 책상 위에 교과서 대신 어디서 굴러들어온 것인지 플레이보이 잡지를 버젓이 펼쳐놓았다. 나는 처음에는 모른 척하고 내버려두었다.

한 달쯤 지나서 녀석을 데리고 달골시장을 찾아갔다. 어묵을 튀기고 있던 아버지와 어머니는 나를 힐난하는 눈초리였지만 나는 녀석을 가게 안에 앉혀두고 한 시간쯤 아버지 대신 어묵을 튀겼다. 그러고는 다시 재명이 형네 구두닦이 일터로 데려갔더니 형이 일부러 시간을 내어 나에게 술을 샀다. 재명이 형은 녀석에게도 술잔을 내주었다.

녀석은 재명이 형의 말투와 행동에 은근히 긴장하는 듯했다. 평소에 내 앞에서 부리던 허세는 어디로 갔는지 맥주 몇 잔에 얼굴이 붉어지고 숨가빠했다. 눈치 빠른 재명이 형이 좀 과장해서 지껄이기 시작했다.

아야, 느그는 우리 박민우씨가 이 일대서 얼마나 잘나갔는지 모르제? 이 동네서는 박민우 이름 모르면 작살나기 오 초 전이여. 그러던 사람이 하루아침에 맘잡고 공부혀서 일류 대학에 갈 중 누가 알았겄냐. 하따, 저 손으로 펜대 잡고 공부허게 될 중이야.

녀석은 내가 산동네 출신이고 거친 왈짜패들과 친구 사이라는 사실에 놀란 눈치를 애써 감추려 했다. 나는 그에게 무슨 위압감이나 겁을 주려고 산동네에 데려갔던 것은 아니었다. 먼저 나를 솔직하게 보여주면 녀석도 제 속을 내보이리라는 기대를 가졌던 것 같다. 녀석이 어떻게 받아들이든 간에, 너는 나에 비해서 얼마나 유리한 환경과 조건에 놓여 있는가를 깨닫게 해주고 싶었다. 그런 고지식한 발상이 먹혔는지는 알 수 없지만, 내 의도와는 전혀 다른 방향일지라도 그날의 산동네 방문은 어쨌거나 소득이 있었다.

그날의 일은 우리끼리의 비밀로 간직하기로 했다. 공부 시키라고 했더니 기껏 데리고 나가서 술이나 먹였다는 것을 녀석의 부모가 알게 되면 저나 나나 좋을 게 없을 테니까. 녀석은 자기가 진짜로 하고 싶은 일에 대해서 말했다. 영화감독이 되고 싶고 여행을 다니며 살고 싶다고 했다. 다시 말하자면 공부는 하기 싫고 놀면서 살고 싶다는 뜻이었다. 나는 아주 훌륭한 생각이라고 맞장구를 쳐주면서 그러면 꿈을 이루기 위해 노력해야 하지 않겠느냐, 우선 기본이 되는 성적을 올려놓아야 뭘 원하든 자기가 원하는 방향으로 나아갈 수 있는 것이라고 아주 상투적인 훈계를 늘어놓았다. 외국 유학을 미끼로 던졌다. 일단 영어 공부를 열심히 해서 유학 갈 실력을 키워라, 그런 후 나가서 여행도 하고 영화 공부도 하고 실력을 쌓아서 세계적인 감독이 되라고. 열심히 공부한다는 전제하에 한 달에 한 번은 함께 등산이나 캠핑을 가자고도 말했다. 학교와 집을 벗어날 새로운 영역을 알려주면서 둘 사이의 관계를 돈독히 해둘 필요가 있었다.

녀석은 나를 형처럼 생각했는지 학교에서 일어난 일들을 이야기해주었고 성적도 점점 안정되었다. 시험 때에는 나와 함께 새벽까지 버티고 앉아서 공부를 했다. 성적이 어느 만큼 올랐을 때 녀석의 어머니와 아이의 진로 문제에 대하여 의논했다. 영화감독이라는 말에 그녀가 펄쩍 뛰었다. 장군은 절대로 허용하지 않을 거라고 했다. 나는 아이의 의견을 존중해주어야 장래를 위하여 뭔가 하겠다는 의욕이 생길 거라고, 영화를 공부하다가 옆길로 갈 수 있는 실용적인 분야도 많이 있다고 사모님을 설득했다. 나는 녀석을 삼학년까지 가르쳤고 대학에 합격시켰다. 나의 사회를 향한 첫 징검돌이 그렇게 놓였다.

나는 삼학년을 마치고 일단 군에 가기로 했다. 내가 있던 집의 장군은 그동안 옷을 벗었고 신군부 시절에 국영기업체의 회장으로 순탄하게 경력을 마무리했다. 서울에서 군생활을 하던 것부터 학교로 돌아가 남은 학기를 마치고 졸업한 뒤에 유학을 가던 때에도 그 양반의 도움을 많이 받았다. 지금 그는 작고했고 사모님은 아들과 함께 사는데 여전히 건강하다고 한다.

녀석과 나는 살아오면서 호형호제하는 친구가 되었는데 그는 방송국에서 일하다가 지금은 드라마 제작사를 운영중이다. 그가 내 덕에 이후의 인생이 순조로웠다고 말하기는 어렵지만 오히려 나는 그 가족의 덕을 본 게 사실이다. 내가 녀석을 보면서 느낀 것은 요샛말로 금수저를 물고 태어나면 어지간해서는 뭘 하든 한다는 것이다. 무턱대고 개판치지만 않는다면 자신의 길에서 크게 밀려나지 않는다. 나로서는 형편없는 산동네의 가난을 벗어나 전혀 다른 삶을 살았다는 것 자체가 기적이며, 그 때문에 나 같은 사람의 내면은 좀더 복잡할 수밖에 없다. 나와 같은 사람들에게는 그러한 갈등을 달래줄 무엇인가가 필요했다. 사실 사방에 널려 있는 게 나와 같은 사람들이 아니던가. 밤에 도심지 호텔의 전망 좋은 라운지에서 고층 아파트와 붉은 십자가와 상가 건물들의 불빛으로 가득한 거리를 내려다보면 그들이 보인다. 억압과 폭력으로 유지된 군사독재의 시기에 우리는 저 교회들에서, 혹은 백화점의 사치품을 소유하게 되는 것에서 위안을 얻었을지도 모른다. 아니면 온갖 미디어가 끊임없이 쏟아낸 '힘에 의한 정의'에 기대어 살았는지도 모르겠다. 결국은 너의 선택이 옳았다고 끊임없이 위무해주는, 우리가 함께 만들어낸 여러 장치와 인물들이 필요했을 것이다. 나도 그런 것들 속에서 가까스로 안도하고 있던 하나의 작은 부속품이었다.

가정교사 생활을 하던 때부터 유학길에 오르기까지 몇 차례 더 차순아를 만났던 기억은 지금도 선명하다. 나에게 어떤 변화의 계기가 있을 때마다 만날 기회가 생겼기 때문이었다. 어느 날 장군의 집에서 그녀의 전화를 받았다. 일하는 아주머니가 집에서 전화 왔다고 알려주었고 나는 어머니려니 생각했다. 좀처럼 내게 연락하지 않았지만 중요한 일이 있을 때면 어머니가 직접 전화를 했었다. 여보세요, 했는데도 한동안 말이 없었다. 저 순아예요. 차분한 목소리가 들렸다. 그녀는 어머니에게 물어서 내 거처의 전화번호를 알았다면서 부근에 와 있다고 했다. 차순아를 고급 주택가 앞의 조용한 찻집에서 만났을 때 어쩐지 남우세스럽다는 느낌이었다. 그녀는 옷차림이 후줄근했고 구석자리에 벽을 향해 앉아서는 촌스럽게 옆자리에 놓은 비닐가방을 자꾸 매만졌다.

어디 가는 거야?

내가 묻자 그녀는 망설이지 않고 대답했다.

나 집에서 나왔어.

내가 뭐라고 하기도 전에 그녀는 다시 말했다.

오빠 군대 간다는 소식 들었어.

나는 차순아가 작년에도 진학하지 못했다는 소식을 들어서 알고 있던 터라 삼수를 하려나 싶어 넌지시 물었다.

어떻게 지내? 시험 준비는 잘돼가?

나 진학 포기했어. 아버지가 취직하래.

그래서 집을 나온 건가?

내가 남의 집 가정교사 하던 버릇으로 학생을 상담하는 선생의 태도를 취했던 모양이다. 갑자기 순아가 부자연스럽게 웃음을 터뜨리더니 말했다.

내가 어린애로 보여? 민우씨하구 겨우 한 살 차이야.

난 걱정이 돼서……

그녀가 술을 사달라고 했다. 뭔가 잔뜩 벼르고 나온 사람처럼 오늘은 자기랑 시간을 보내달라며, 거절당하면 확 죽어버릴지도 모른다고 으름장을 놓기까지 했다. 나는 갑자기 초조해지기 시작했다. 두 가지 생각 사이에서 갈팡질팡 결단을 내리기가 어려웠다. 산동네에서 벗어났다고 생각했지만 여전히 차순아가 그곳에 있다는 사실이 나를 언제든 그곳으로 다시 데려다놓을 것만 같은 불안감이었는지도 모른다. 여전히 그녀를 원하면서도 입주 가정교사 생활을 핑계삼아 거리를 두고 만나지 않았던 것은 내가 분명 전과는 다른 감정 상태에 있었기 때문이다. 이미 다른 세계로 넘어온 자의 익숙했던 자기 세계에 대한 불편함이었을 수도 있다. 아니 더 정확하게 말하자면 토막이의 악행이 벌어진 뒤에 재명이 형의 주도적인 응징을 목격하면서 어쩐지 나의 소중한 감정에 때가 탔다는 느낌이 들었다. 더이상 우스꽝스런 빈민가의 아이들 놀음에 한통속으로 끼어들기가 싫어졌다.

그렇지만 순아가 나에게 찾아와 보인 태도는 매우 자극적인 것이었다. 솔직히 달골에서 만났던 이래로 차순아와 자고 싶다는 생각에서 줄곧 놓여난 적이 없었다. 나는 그녀의 몸을 상상하면서 수음을 하곤 했다. 내 이기심은 그녀를 술집으로 데려갔다. 우리는 통금시간 훨씬 못미처 여관으로 갔고, 그날 밤

나는 서툴렀지만 격렬했다.

이튿날 햇빛 밝은 대낮의 거리에서 그녀는 애써 밝은 음성으로 군대에 잘 다녀오라고 말했다. 출근시간이라 수많은 사람들과 버스며 자동차들이 길을 메우고 있었다. 어쩐지 이 모든 광경들이 생경하고 낯설게 느껴졌다. 나는 눈부신 햇살 때문이라는 듯 이맛살을 잔뜩 찌푸린 채 손으로 차양을 만들며 건성으로 대꾸했다.

언제 집에 가면 들를게.

그러고는 다시 몇 년이 흘렀다. 군에서 제대하여 집에 다니러 가는데 달골시장 어귀에서 차순아와 딱 마주쳤다. 정확하게 말하자면 차순아는 버스정류장 쪽에서 걸어왔고 나는 육교에서 내려오다가 낯익은 그녀의 얼굴을 보았다. 군에 있는 동안 나는 집에 다니러 와서도 일부러 그녀의 소식을 알아보려 하지 않았다. 육교에서 내려오는 나를 보지 못한 그녀는 어느새 뒷모습을 보이며 멀어져가고 있었다. 나는 잠깐 망설이다가 그녀를 불렀다.

차순아씨……

하고 내가 작은 목소리로 불렀는데 그녀가 못 들었으면 아마 다시 부르지 않았을지도 모르겠다. 그리 큰 소리로 부른 게 아니었는데도 저만치 멀어지던 그녀가 걸음을 멈추더니 휙 돌아섰다.

어머, 오빠!

우리는 동시에 제각기 두리번거렸다. 예전 고향다방이 있던 자리에 그맘때 유행하던 경양식집이 있었다. 자리마다 칸막이를 해놓고 플라스틱 포도넝쿨이나 잎사귀를 장식해놓은 그런 곳이었다. 차순아는 수수한 외출복 차림이었고 화장을 연하게 한 얼굴이 여전히 예뻤다.

언제 제대했어?

이제 한 달쯤 되었어.

학교는?

복학할 예정이야. 그런데 어디 갔다 오는 거야?

회사에.

지방에 내려간다고 그랬던 것 같은데.

서울에 있는 작은 회사야.

거기서 뭘 하는데?

경리지 뭐. 그냥저냥 다닐 만해.

그래두 다행이네. 요새 직장 잡기가 힘든데.

별루 힘들진 않았어. 아버지 아는 분이 하는 회사니까.

빽이 좋았던 거네.

한동네에서 자란 오빠 동생이 나눌 법한 그저 그런 안부의 말들이 오고갔다. 그러다가 내가 불쑥 지나가는 말처럼 물었다.

그런데 시집은 안 가나?

그녀는 거침없이 대답했다.

오빠 졸업하면……

하고는 깔깔 웃으면서 이내 덧붙였다.

너무 겁먹지 마요.

더이상 나눌 말이 없어졌다. 잠시 머쓱하게 앉아 있는데 그녀가 나직하게 잠깐만, 하면서 자리에서 일어났다. 나는 느긋하게 담배 한 대를 태우면서 화장실에 간 그녀가 돌아오기를 기다렸다. 이십 분쯤 기다리다가 어리둥절한 채로 카운터 앞으로 나왔다. 화장실 방향을 기웃대고 출구 쪽을 두리번거리다가 계산을 하려니 웨이터 총각이 말했다.

여자분이 계산하고 가셨는데요.

나는 복학해서 졸업할 때까지 달골에 어쩌다가 들러도 잠깐 시장의 가게에만 머물다 돌아오곤 했다. 졸업 직전에 현산 선생과 면접하고는 그의 건축사무소에 나가게 되었다. 지도교수님이 추천해주었는데 일단 수습으로 일을 시작했다. 작업량이 너무 많아서 날마다 밤새우고 사무실 소파에서 쪽잠을 자기도 하던 시절이었다. 이영빈과 같은 수습생으로 한팀에서 일했다. 그 정신없이 바쁘던 시절 국비유학생 시험을 두어 해쯤 준비해서 합격했다. 그해에 광주에서 큰일이 벌어졌고 시국은 뒤숭숭할 때였다. 계엄령으로 거리 요소마다 탱크가 버티고 있었으며, 방송국과 관공서며 학교 정문에는 총검을 받쳐든 위장복 차림의 특수부대 병사들이 지키고 서 있었다. 광주에서 많은 시민들이 살상되었다는 소문이 유언비어로 조용히 번져나가고 있었다.

나는 평생 광주에 가본 적이 없었지만 시중에서 소문을 듣고 온 선배 건축사들이 수군대는 말을 들으며 그곳이 나와 무관한 장소라는 것만으로는 안심할 수 없었다. 우리는 한 해 전에 대통령이 어째서 죽었는지 모두가 짐작을 했고 신군부가 어떠한 야망을 가지고 있었는지도 잘 알고 있었다. 그러나 그야 어떻든 결국 우리가 따져본 것은 힘의 향방에 따라서 진행할 기획들의 성사 여부였다. 결정된 힘에 의하여 조금씩 떨어지는 이익으로 우리는 성장할 것이었다. 그리고 저마다 돌아서서 자책할지언정 그것마저 오래가지는 않으리란 걸 우리는 잘 알고 있었다. 아니, 지금도 우리는 너무나 잘 알고 있다. 나중에 미국에 도착한 뒤에 외신의 각종 사진과 다큐 영상들을 보면서 나는 큰 충격을 받았고 한동안 깊은 무력감에 빠져 지내던 생각이 난다.

나는 제대하고 나서 가정교사로 있던 집에 다시 들어갔다. 졸업해서 자리잡을 때까지는 그 집에 머물며 내년에 중학생이 될 딸아이의 영어 공부를 책임져주기로 했던 것이다. 이층의 내 방은 책이며 가구를 치우지 않고 그대로 나를 기다리고 있었다. 그 집에서는 나를 아예 큰아들 취급을 했다. 혼자 자란 외동아들의 외로움을 걱정했고 무엇보다도 녀석이 나를 전적으로 따르고 신뢰해주었기 때문이다. 나는 내 앞가림도 못할 처지인데도 녀석의 여러 가지 고민에 대하여 충고를 해주었다.

내가 건축사무소에 나가고 유학이 결정된 뒤에 사모님이 몇 번 넌지시 얘기를 꺼냈다. 지인 중에 딸 많은 집이 있는데 그중 막내딸이 예쁘고 똑똑하더라고. 형제들 모두 유학 나가 있는데 그녀 역시 학교를 마치면 곧 떠날 거라고도 했다. 결국 사모님의 주선으로 둘이 만나게 되었고 구체적으로 혼담까지 오가게 되었다. 나는 처음부터 우리 집안 형편을 상대측에 솔직하게 밝혔다. 그 집은 아버지가 외교관으로 외국을 돌아다니며 살아와서인지 우리집의 가난에 대해서는 너그러웠다. 본인이 똑똑하면 그걸로 됐다는 식이었다.

차순아를 달골시장 입구에서 우연히 본 것이 제대한 지 얼마 안 되었을 때이니 꽤 오랫동안 그녀를 만나지 못했다. 취직하고 달골 집에 몇 번 들르기는 했었다. 물론 어머니에게 국숫집의 근황은 묻지 않았다. 일부러 묻지 않은 게 아니라 이제 그녀의 존재 자체가 내 삶과 무관하다고 생각했다. 입대하기 전 그녀와 하룻밤을 함께 지낸 일 따위야 무슨 대수겠는가.

그런데 어느 날 그녀에게서 사무실로 불쑥 전화가 걸려왔다. 한때 가슴이 두근거리고 아랫배에 조바심 같은 안달이 가득 차오르듯 하던 느낌은 이제 없었다. 아니 오히려 자책감이 천천히 밀려왔다. 그동안 차순아는 어떻게 살았을까. 그녀에 대하여 한 번도 생각해보지 않았다는 걸 깨달았다.

퇴근 후에 도심지의 다방에서 그녀를 만났는데 작업복 같은 남자 점퍼를 걸치고 있어서 한참을 두리번거리다 겨우 알아볼 수 있었다. 오랜만에 어릴 적 친구를 만났고 또한 동네 사람이니 나는 당연히 저녁을 사기로 했다. 그녀의 표정은 어두웠다. 근황을 얘기하다가 내가 군에 있는 동안 그녀의 아버지가 돌아가셨음을 알았다. 국숫집이 없어진 걸 나는 그때까지 모르고 있었다. 그녀는 자기에 대하여 내가 아무것도 모르고 있는 것을 별로 섭섭해하지 않는 눈치였다. 그러면 그 집에 아직 사느냐고 물었더니 이사는 갔지만 길 건너 동네니까 아직 그 동네 사람이나 마찬가지라고 했다. 지금도 직장에 다니냐고 물으니 얼마 전에 그만두었다고 말했다. 우리는 저녁을 먹고 나서 바로 헤어지지 못하고 그맘때에 어느 곳에나 있던 호프집으로 가서 생맥주를 마셨다. 만취하지는 않았지만 술이 제법 거나하게 올라왔다.

내가 일하는 데는 어떻게 알아낸 거야?

그녀는 내 질문에 정색을 하고 말했다.

왜요? 나한테서 도망칠 수 있을 거라고 생각했어? 난 민우 씨에 대해서는 언제든 얼마든지 알아낼 수 있어.

그러고는 언제나처럼 놀리듯 깔깔대고 웃더니 이내 웃음기를 거두며 되물었다.

유학 간다면서요?

물어본 내가 잘못이었다. 그녀의 어머니와 나의 어머니가 시장통을 오가다가 얼마든지 소식을 전하고 전해듣고 할 수 있는 것 아닌가. 뿐만 아니라 내가 유학 시험에 통과된 직후에는 집에 가서 그 기쁜 소식을 부모님께 제일 먼저 말씀드렸고 재명이 형을 만나서 술도 한잔했다. 재명이 형은 구두터를 모두 정리하고 제법 그럴듯한 술집을 내고 있었다. 아가씨가 옆자리에 앉아 접대도 하는, 요즘 식으로 말하자면 단란주점 같은 곳이었다. 칸막이로 방을 나누고 악사도 들어오는 그런 데였다. 재명이 형은 이 부근에서 잔뼈가 굵었고 수완도 좋으니 손님이 없다면 오히려 이상한 일이었다. 나는 재명이 형에게 결혼할 상대를 만났다고도 얘기했을 것이다.

차순아와 나는 그날 제법 많이 마셨다. 통금시간이 가까워져 헤어지기 전에 그녀가 말했다.

실은 부탁이 있어.

나는 그녀가 술을 마시면서도 뭔가 다른 생각에 빠져 있다는 느낌을 받았다.

혹시 군대에 높은 사람 아는 이 있어?

무슨 일인데……?

아는 사람이 잡혀가서 그래.

나도 아는 사람?

그녀는 고개를 끄덕였다. 그 순간 나는 저절로 깨달았다.

재명이 형 얘기 같은데…… 맞지?

그녀가 고개를 숙였다. 나는 그녀가 걸치고 온 남자 점퍼가 어쩐지 낯이 익다고 생각했던 것이다.

둘이…… 사는 거야?

아니, 같이 살진 않아. 그이가 엄마와 나를 돌봐주긴 했어.

며칠 전에 주점으로 관내 파출소 주임과 형사가 찾아와서 같이 나갔는데 연락이 없다는 것이었다. 묘순이와 경찰서에 가서 수소문해보았지만 아무도 가르쳐주지 않았고 겨우 알아낸 것이 군부대로 끌려갔다는 소문이란다. 불량배 소탕령이 전국에 내려지고 검거가 실시된 한참 뒤에 삼청교육대 안이 발표되었다.

나는 그녀를 보내주려고 차도에까지 나가서 택시를 잡았다. 택시에 타기 전에 그녀가 갑자기 나의 목에 한 팔을 두르고 안으면서 말했다.

잘 가. 결혼 축하해요.

택시가 가버린 뒤에도 나는 한참이나 길가에 서 있었다.

내키진 않았지만 재명이 형 일에 대해서는 차마 그냥 손놓고 있을 수만은 없었다. 망설이다가 며칠 후 조심스럽게 장군에게 얘기를 꺼냈다. 잠깐 들어보더니 그와 무슨 관계냐고 물었고, 나는 먼 친척인데 깡패는 아니고 유흥업소 주인이라고 대답했다. 그는 거실에 앉은 채로 전화기를 들어 누군가를 찾았다. 장군은 상대에게 내가 적어준 쪽지의 이름과 주소를 불러주고는 잘 조치하라고 간단히 말했다.

그런 일이 있은 후 나는 사모님이 소개해준 여성과 결혼을 약속하고 함께 미국으로 유학을 떠났다. 내가 미국에서 학위를 마칠 때쯤에 은퇴한 외교관이던 그녀의 아버지가 세상을 떠났다. 그러자 온 가족이 이민을 왔고, 우리는 뉴욕에서 결혼식을 올렸다. 내 부모님은 오지 못했고 미국에 살고 있는 그녀의 처가 식구들과 미국에서 알게 된 사람들만 참석한 단출한 결혼식이었다.

8

겨울에 그런 일이 벌어지기 전까지 한 달 가까이 김민우를 만나지 못하고 있었다. 그의 어머니가 한번 놀러오라고 직접 문자를 보내온 적도 있었지만 짬이 나지 않았다. 내 작품을 가까스로 무대에 올렸으나 흥행이 신통치 않아서 잔뜩 맥이 풀려 매사에 심드렁해 있던 터였다. 대표는 내 작품을 서둘러 내리고 다시 번역극 연습에 들어갔다. 좀처럼 신나는 일도 없고 희망도 없던 우울하고 긴 겨울이었다. 김민우에게서도 연락이 없기는 마찬가지였지만 나 살기에 급급해서 그를 챙겨볼 마음도 들지 않았다. 지금 생각해보면 우리는 남녀 간의 열기 같은 것은 없었다. 그를 만나면 마음이 편안해지고 어딘가 든든했지만 그 이상의 감정은 나와는 거리가 먼 것 같았다.

눈이 오다가 그치고 파란 하늘이 보이면서 쨍하니 추운 그런 날 아침에 나는 전화를 받았다. 소리를 죽여놨더니 휴대전화가 징징거리며 몸을 떨어대고 있었다. 화면을 보니 모르는 번호였다. 그냥 내버려두자 이번에는 문자가 왔다. 어느 경찰서 아무개인데 연락을 바란다는 내용이었다. 나는 잘못을 저지른 적은 없지만 관청의 일이라면 고분고분해야 손해가 없다는 것쯤은 알고 있어서 그 번호를 꾹 누르고 말았다. 정우희씨 맞죠? 네 근데 무슨 일이죠? 아, 만나서 말씀드리죠. 중요한 일인가요? 상대는 말을 아끼고 있는 게 분명했다. 잠시 그의 숨소리만 들려왔다. 지금 집에 계시면 제가 찾아뵙지요. 나도 잠깐 숨을 고르며 망설였다. 상대방이 오 분이면 된다고 주소만 찍어주면 곧 찾아오겠다고 말하자마자 나는 그렇게 하라고 대답했고 주소를 보냈다. 가까운 데서 찾아왔는지 삼십 분도 못 되어 벨소리가 들렸다. 나는 그를 집에 들이고 싶지 않아서 외투를 미리 걸치고 있었다. 문을 열었더니 정복 차림의 경찰이 서 있었다. 내가 밖으로 걸음을 내딛기도 전에 그는 문 앞에 서서 재빠르게 말했다.

김민우씨 아시죠?

네, 그런데요.

그 사람 자살했어요. 잠깐 관내 파출소로 가주셨으면 합니다.

나는 머리를 한 대 얻어맞은 것처럼 어리둥절해졌다.

뭐라구요? 지금 뭐라구 말씀하신 거죠?

김민우씨가 사망했다구요.

파출소에서 나와 마주앉은 경찰은 내 진술을 한 줄씩 노트북에 기록했다. 그와의 관계는 그냥 친구다. 애인 그런 사이는 아니다. 아르바이트를 하면서 친척 오빠처럼 친하게 지냈다. 한 달가량 못 만났다. 그의 어머니에게 연락을 했느냐 물으니 경찰이 대답했다.

우리가 어떻게 정우희씨의 전화번호를 알았겠어요? 그 사람 유서에 전화번호 두 개가 적혀 있더라구. 모친 차순아씨와 정우희씨 전화번호 말요. 평소에 이상한 점 없었나요?

나는 그가 열심히 적극적으로 살던 생활인이었다고, 아르바이트를 세 개씩 뛰며 의욕에 넘치던 쾌활한 사람이었다고도 말했다. 이번에는 내가 물어볼 차례였다. 그의 사망 추정 시각은 닷새 전이었지만 오늘 아침에 발견되었다고 했다. 장소는 충청북도 충주 부근의 강변이었다. 그의 고물 갤로퍼 지프와 아반떼 한 대가 나란히 강변에 서 있었다. 겨울이고, 큰길에서 벗어난 비포장도로여서 지나는 사람도 드물었다. 인근 마을 사람들은 가끔씩 보이던 낚시꾼이려니 생각하고 예사로 넘겼다고 한다. 그런데 하루가 지나고 이틀이 지나고 사흘 나흘이 지날 때까지 두 대의 차가 그 자리에 계속 서 있더라고. 마을 사람들은 며칠 동안 방치된 낯선 차들이 이상하다고 신고했고 경찰은 견인차 업체에 연락했는데 견인차 기사가 도착해 차량을 살피다가 안에 죽어 있는 사람들을 발견했다. 갤로퍼에는 앞에 두 사람 뒷좌석에 두 사람 모두 네 명이, 아반떼에는 두 사람이 죽어 있었다. 창문 틈새며 송풍구와 운전대 아래쪽의 공기가 샐 만한 곳을 모두 청색 테이프로 막아놓았다고 했다. 차 안에 소주병과 플라스틱 잔이 뒹굴고 있었고 휴대용 가스레인지 위에 타버린 번개탄 재가 덮여 있었다. 갤로퍼의 운전석에 김민우가 있었고 그 옆자리에는 주소지가 안산인 같은 또래의 남자, 그리고 뒷자리에는 춘천 주소지의 남매가 있었다. 아반떼의 사망자 남녀는 이천과 충주로 주소지가 각각 달랐지만 나이며 차림새며 그들의 소지품에서 발견된 휴대전화에 함께 찍은 사진과 동영상으로 미루어 내연관계라고 추측했다. 아마도 요즈음 번지고 있는 동반자살 사이트나 에스엔에스를 통해서 모였을 것이다. 주동자가 누군지는 알 수 없었지만 차량의 주인들인 김민우와 이천 사는 남자가 그들을 태우고 이동한 것만은 확실했다. 경찰은 물론 나도 이들이 어떻게 연결되었는지 그 인과관계를 짐작할 수 없었다. 통화내역을 분석한 결과 이들은 몇 달 전부터 서로 연락하고 있었고 모임도 가졌다. 서울 변두리의 한 호프집에 그들 중의 몇이 모여서 치맥을 먹고 있는 사진도 있었다.

죽음을 목적으로 한 만남은 어떤 것일까. 그는 유서에서 무슨 말을 하고 있을까. 그런데 왜…… 하다가 나는 스스로에게 말하듯 중얼거렸다. 왜가 어딨어? 나도 어느 날 내 방에서 스르르 잠들듯이 죽고 싶다는 생각을 수도 없이 해봤는걸. 그냥 잠자다가 깨어나지 않았으면, 하고. 그러나 생각일 뿐 눈을 뜨면 하루가 가고 이틀이 가고 일상은 끈질기게 지속된다.

주검은 경찰의 형식적인 검시를 거친 후 가족에게 인계된다. 대부분의 자살자 가족들이 그렇듯 이들은 장례절차를 생략하고 화장장으로 직행한다. 부패가 진행되기 시작한데다 객사자를 예우하지 않는 전통에 따라 그야말로 조용하고 빠르게 치르기를 원하기 때문이다.

나는 김민우 어머니의 전화번호를 찾아냈다. 어머님, 저 우희예요. 그녀의 목소리는 착 가라앉아 있었다. 몹쓸 놈, 이라고 한마디 하고 나서 한참 말을 잇지 못하다가 이리 와줄래? 하고 그녀가 물었다. 나는 그녀가 가르쳐주는 대로 서울 서북쪽 경기도의 한 외진 야산 자락에 자리한 시립 승화원으로 찾아갔다. 한쪽에 추모공원과 납골당 건물이 있었고, 병원처럼 보이는 대리석 패널을 붙인 건물이 보였다. 나는 곧 김민우 어머니를 대기실에서 발견했다. 차순아라는 그녀의 이름을 경찰을 통해서 그리고 이곳 유족명단에서 확인했다. 어머니는 대기표를 받아들고 아들이 화장되는 때를 기다리고 있었다. 화구가 십여 군데 되었는데 전광판에 현재 진행되는 이의 이름과 번호가 떠올랐다. 나는 그녀의 손을 붙잡고 옆에 조용히 앉아 있었다. 시간이 되어 그의 관이 화구로 들어왔다는 안내가 전광판에 흐르고 관계자가 유족을 확인한 뒤 화구 앞으로 우리를 안내해주었다. 내화유리창 속에서 불길이 확 일어나는 게 보였다. 그녀는 울지 않았고 불길을 바라보기만 했다.

몇 분이 지나고 안내에 따라 재를 펼친 판 앞에 섰는데, 인부는 재를 망 같은 것에 쏟아 타고 남은 뼈를 골라내어 분골했다. 우리는 조그만 화병 같은 도자기에 담긴 김민우의 잔해를 가지고 유택동산으로 가서 산골했다. 주위 야산에는 잔설이 희끗희끗 보였고 걸을 때마다 언 땅의 흙덩이들이 발밑에서 부서졌다. 이런 모든 일들이 겨우 한 시간밖에 걸리지 않았다. 그의 어머니가 털실목도리를 머리와 얼굴에 감으면서 집에 같이 가달라고 했다.

우리는 택시 안에서도 전철 안에서도 아무 말 없이 제각각 생각에 잠겨 있었다. 그녀는 집에 오는 길에 동네 시장에 들러 과일이며 돼지고기 수육과 순대, 어묵, 그리고 소주 두 병을 샀다. 아파트에 도착하자 전과 똑같은 집인데도 어쩐지 썰렁한 느낌이 들었다. 제물을 차리기에는 초라한 밥상에 사들고 온 것들을 꺼내어 올려놓았고, 소주 한 병을 양은 주전자에 천천히 따랐다.

자식에게 제사를 올릴 순 없으니 극락왕생하라고 그냥 묵념이나 올릴까.

그녀는 아무렇지 않게 말하면서 나에게 웃어 보이기까지 했다.

영정으로 쓸 사진도 없구, 그냥 저 창 앞에 민우 녀석이 서 있는 걸로 하지.

그녀가 주전자를 기울여 소주잔에 술을 따라놓고 창 쪽의 허공을 향하여 한마디 했다.

한잔해라, 너 좋아하는 순대도 있다.

그러고는 고개를 숙이고 눈을 감았다. 나도 김민우 어머니를 따라 묵념을 올렸다. 내가 먼저 고개를 들었을 때 아직도 숙이고 있는 그녀의 얼굴에서 눈물이 흘러내려 밥상에 한 방울씩 떨어지고 있었다. 나는 숨소리를 죽인 채 한동안 침묵하며 지켜볼 뿐이었다. 나는 밥상 위에서 빠른 속도로 불어나는 그녀의 눈물을 물끄러미 바라보았다. 그녀가 화장지를 뽑아 얼굴을 닦고 코를 풀었다. 하아, 하고 긴 한숨을 몰아쉬고 나서 그녀는 고개를 들었다.

자아, 이제부터 우리도 인간적으로 한잔하자.

어머니가 툴툴 털어버리겠다는 듯 평소의 내 말을 흉내내어 말했다. 인간적으로 너무 슬프다, 나는 툭하면 인간적으로 너무하다, 인간적으로 배고프다, 인간적으로 얄밉다, 인간적으로 건배하자, 아무데나 인간적으로를 붙여 말하는 습관이 있었다. 처음 이 집에 왔을 때 그녀는 내 말투를 흉내내며 무척 재미있어했다. 나는 주전자를 들어 그녀의 잔에 소주를 따랐고 내 잔에도 따랐다. 우리는 서로의 얼굴을 보며 단숨에 들이켜고 연거푸 따라서 털어넣었다. 그녀가 차 안에서 발견된 유품인 아들의 배낭을 열고 휴대전화와 옷가지며 잡동사니를 뒤적거리더니 유서를 내게 내밀었다. 노트 한 장을 찢어낸 종이쪽지였다. 앞장에는 편지, 뒷장에는 어머니 차순아씨의 주소와 전화번호, 그리고 내 휴대전화 번호가 적혀 있었다. 나는 얼결에 쪽지를 받아들고 망연히 들여다보았다.

어머니, 끝까지 모시지 못해서 죄송합니다. 노트북을 챙겨다드린다는 게 고시원에 그냥 두고 나왔어요. 어머니가 가서 챙기세요. 제가 쌔빠지게 일해서 산 거니까요.

몇 푼 안 되지만 그동안 모은 돈 어머니 통장으로 송금해두었으니 그 돈으로 건강검진 좀 받아보세요. 꼭요. 우희도 함께 데리고 가세요. 어디 많이 안 좋은 것 같아요. 그 지하방, 거기서 나와야 하는데…… 내가 도움 되지 못해 미안하다고 전해주세요.

어머니, 사랑합니다.

뒤늦게 눈물이 났다. 나쁜 자식, 죽으면서 남 걱정은. 화장장에서는 그의 죽음을 실감할 수 없어서인지 눈물 한 방울 나지 않아 민망할 정도이더니 물주머니가 터진 듯 줄줄 흘러내렸다. 차에 앉아 볼펜으로 휘갈겨 쓴 듯한 김민우의 편지는 일부러 실무적인 투를 유지하려는 그의 어눌한 목소리를 생각나게 했다. 나는 연거푸 소주잔을 기울였다. 어머니가 물었다.

우리 민우 좋아했어?

나는 대답하지 않았다. 그녀는 나를 바라보다가 쓸쓸한 어조로 말했다.

우리 민우 좀 사랑해주지 그랬어.

9

대동건설의 임회장이 횡령배임 등의 혐의로 구속되었다. 나는 최승권에게서 며칠 전에 들어 알고는 있었지만 방송보도를 보고 나서야 자세한 혐의 내용을 파악했다. 그가 한강디지털센터를 성공적으로 분양하고 새로운 프로젝트를 밀어붙이는 과정에서 새로 인수한 회사를 담보로 거액의 자금을 대출받았으며, 이것이 대동건설에 막대한 손해를 끼쳤다는 것이다. 또한 아파트와 디지털센터의 상가를 분양하면서 분양률을 높이기 위해 자사 자금으로 유령 당첨자를 만들어 분양에 개입했다고 했다. 이 모든 것이 무리한 사업 확장과 아시아월드의 자금을 모으기 위해서였다는 것이다. 나는 그가 새벽기도에 나가 하나님에게 뭐라고 기도를 드렸을지 짐작할 수 있었다. 나도 그의 기도가 이루어지기를 간절히 바라지 않았던가.

사무실에 나갔더니 송실장이 나직하게 속삭였다.

손님들이 와 있습니다.

손님? 누가 무슨 일로……

송은 말없이 내 방의 응접실 문을 열었다. 커피를 마시고 있던 두 사내가 주춤주춤 일어섰다.

불쑥 찾아와서 죄송합니다.

정장 차림의 사내가 명함을 내밀어 살펴보니 관내의 정보과 형사들이다. 송이 돌아서려고 하기에 내가 말렸다.

자네두 좀 앉아봐.

그들은 나를 정면으로 응시했다. 대동건설의 한강디지털센터 설계에 관여하게 된 과정을 물었고, 아시아월드 기획안을 이곳에서 세웠는지도 물었다. 나는 슬그머니 짜증이 올라왔지만 내색하지 않고 대답했다.

우리는 그야말로 건축주의 요구에 응해서 그림을 그려준 거요. 무슨 설계도가 필요해서 온 건 아닐 테죠?

정장 사내를 따라온 점퍼 차림의 사내가 말했다.

조사해보니 아시아월드라는 게 순 사기더군요. 자금을 끌어모으려는 미끼잖아요.

나는 그를 무시하기로 했다.

이건 정식 참고인 조사인가요?

아니, 아닙니다.

정장 입은 형사가 손을 저으며 말했다.

그냥 사회적인 물의가 일어나서 몇 가지 도움을 받으려고 왔습니다. 아시아월드의 기획안을 여기서 작성했다면 참고자료나 확보해두려구요.

나는 송실장을 돌아보며 물었다.

그런 거 우리에게 있나?

기획안이나 홍보용 사진 같은 건 이미 인터넷에 다 떠 있을 텐데요.

나는 대표실로 들어가기 전에 문을 조금 연 채로 말했다.

좀 바쁜 일이 있어서 이만 실례하겠소.

잠시 후에 송이 그들을 보내고 돌아왔다.

체면치레로 봉투 하나 주어 보냈습니다.

현장 경험이 많은 송실장은 대수롭지 않게 중얼거렸고 나는 갑자기 볼이 화끈해졌다. 오전 내내 안절부절못하고 앉아 있었다. 모두 내려놓으라던 이교수의 말이 생각났다. 컴퓨터 화면에 구글 지도를 띄워놓고 산기슭이나 해변의 지형과 땅들을 이리저리 둘러보며 앉아 있었다. 문득 내가 말년을 보낼 주택의 부지를 찾는 게 아니라 묏자리를 보고 있는 게 아닌가 하는 생각이 들면서 마음이 차분하게 가라앉았다. 내 앞에는 시간도 사람도 일거리도 남아 있는 것이 별로 없었다. 다섯 개의 메일이 새로 들어와 있었다. 그중에 '강아지풀'이라는 제목이 보여서 혹시나 하고 들어가보았다. 역시 차순아가 보낸 것이었다. 지난번처럼 간단한 안부 인사와 함께 첨부파일이 달려 있다. 이번에는 박선생님이라는 말 대신에 당신이라는 호칭을 쓰고 있었는데, 어쩐지 살갑고 친밀하게 느껴졌다.

박민우씨께

봄에 처음 당신의 소식을 다시 접했는데 어느새 초록 짙던 나뭇잎들은 빛이 바래고 해질 무렵이면 서늘한 찬바람이 옷깃을 여미게 합니다. 우리 나이가 계절로 치면 바로 이맘때가 아닐까 하는 생각을 해봅니다. 시간이 흐를수록 퇴색해가는 기억처럼 우리의 젊은 날들도 앨범에 간직한 빛바랜 사진에나 남아 있겠지요. 그런데도 당신을 만났던 순간들은 기억에 선명하여, 요즘 들어서는 시간이 흐를수록 점점 또렷하게 떠오릅니다.

부담 가지실 필요는 없습니다. 그냥 이 나이쯤 흔히들 그렇듯이 추억에 잠겨보는 것뿐이니까요. 아들이 떠난 후 세상에 나 혼자 남겨졌다고 생각했습니다. 갑자기 두렵고 무서운 생각이 들었습니다. 그런데 이렇게 당신이 내 앞에 나타난 겁니다. 거듭 말하지만 제발 부담 갖지는 마세요. 이건 전적으로 나만의 생각입니다. 어릴 적 잃어버린 친정오빠라도 만난 듯한 기분, 그냥 그런 기분일 뿐 당신에게 뭘 바라거나 기대하는 것은 전혀 아닙니다.

가끔 이렇게 메일로나마 당신과 옛이야기를 나눌 수 있다면, 저는 그것으로 족합니다. 당신이 원치 않는다면 오늘을 마지막으로 더이상 메일을 보내지 않겠습니다. 당신이 떠난 그 자리에서 내가 어떻게 살아왔는지 한 번은 속시원히 털어놓고 싶을 뿐이에요. 그래야만 나도 그 산동네에서 빠져나올 수 있을 것만 같아서요. 아니, 그곳에서 빠져나오고 싶어했던 사람은 당신이었지요. 저는…… 사실, 그곳이 그립습니다.

나는 첨부파일을 열었다. 차순아는 그곳이 그립다고 말하고 있지만 아직도 그 산동네에 머물고 있는 듯했다. 나는 차순아에 이끌려 그 동네를 방문한 것처럼 생생한 이야기 속으로 빠져들었다. 그녀가 토막이 녀석에게 당했을 무렵 내가 오랜만에 동네에 나타났을 때의 기억을 서술하는 부분은 어쩐지 곁에 있어주지 못했던 나를 원망하는 듯한 느낌이 들었다. 그런 일이 있은 후 그녀는 국수 건조장의 다락방에 틀어박혀 책만 읽었다고 했다. 그러한 그녀를 위로하고 달래준 건 역시 재명이 형이었다. 좋은 영화가 들어오면 말없이 포스터 붙이는 아이를 시켜서 초대권을 전하게 했고, 국숫집 일이라면 두 팔을 걷어붙이고 나서서 도와주었다.

나는 이 동네를 빠져나간 그가 다시는 돌아오지 않을 것임을 알고 있었다. 사실 그의 앞에서 한없이 초라해지는 내 꼬락서니를 생각하면 더이상 그와 마주치고 싶지도 않았다. 가끔 그가 동네에 다녀가곤 하는 것을 알고는 있었지만 행여나 마주칠세라 꽁꽁 숨었다. 다행히 그도 나를 찾지는 않았다.

일 년 남짓 웅크리고 있는 동안 재명이 오빠가 이런저런 구실로 우리집을 드나들었다. 그가 나서서 토막이를 혼내준 일이며 그 일로 토막이가 마을에서 사라진 일들을 소문으로 들어서 알고 있었다. 재명이 오빠는 내 부모님에게도 유난히 살갑게 아들처럼 굴었다. 내 처지에 박민우란 남자가 가당키나 한가. 재명이 오빠만큼 내 형편을 잘 알고 이해하며 아껴줄 사람도 없다는 생각이 들었다.

민우씨가 군대에 간다는 소식이 들려왔다. 나는 그에게서 놓여나기 위해 재명이 오빠를 받아들이기로 결심했다. 그러나 막상 재명이 오빠와 그의 고향에 있는 아버님 산소에 찾아가기로 한 날이 다가오자 나는 이 동네에서 저 사람과 함께 늙어 죽겠구나, 하는 절망적인 생각에 도망치고 싶어졌다. 무슨 생각으로 민우씨를 찾아갔는지 모르겠다. 전화기를 통해 들려오는 그의 음성은 반갑기보다 좀 당황한 듯했다. 벌써부터 후회의 감정이 밀려들기 시작했지만 그냥 돌아설 수는 없었다. 한 번은, 어떤 식으로든 꼭 한 번은 그를 만나야 할 것만 같았다. 그를 만나서는 또 얼마나 허둥댔던가. 내가 술을 사달라고 했을 것이다. 거기서 일어섰더라면 좋았을 것을. 나는 이미 망가져서 더 망가질 것도 없다고도 생각했다. 그게 내 방식으로 그를 보내는 통과의례라고 생각했다. 이튿날 거리에서 그와 헤어지고 나는 버스 타는 것도 잊고 몇 정류장인가를 그냥 걸었다. 울면서 걷는 나를 지나가는 행인들이 힐끔힐끔 보면서 스쳐갔다. 나는 소리내어 중얼거렸다. 잘 가라 박민우, 넌 나한테 짤렸어. 그날 나는 그렇게 그를 보냈다.

아버지가 돌아가신 뒤에 우리집은 국수공장을 폐업했다. 밀가루 반죽에서 국수를 뽑기까지 기계를 돌리는 험한 일을 어머니 혼자 도저히 해낼 수 없었기 때문이다.

재명이 오빠는 식만 안 올렸지 내게 이미 남편이나 다름없는 존재였다. 그의 도움으로 길 건너 동네의 입구 쪽 코너에 집을 사서 잡화점 같은 구멍가게를 냈다. 나는 다니던 직장을 그만두고 어머니를 도와 가게를 지켰다. 재명이 오빠는 며칠에 한 번씩 내 방에 와서 자고 갔다. 나는 그이를 통해서 민우씨가 결혼할 여자와 함께 유학을 가게 되었다는 소식을 들었다. 그러고 나서 몇 달인가 지난 뒤에 재명이 오빠가 끌려갔다. 관내에서는 할당된 인원이 정해져 있어서 평소에 잘 알던 사람들도 마구 끌고 갔다는 얘기가 돌았다. 민우씨를 만나러 가는 것이 정말 못 견딜 정도로 내키지 않았지만 달리 도움을 청할 데가 없었다.

재명이 오빠는 그로부터 한 달 뒤에 북어처럼 바짝 마르고 피폐해진 모습으로 돌아왔다. 그가 전처럼 몸을 회복하는 데는 일 년이 넘게 걸렸다. 나는 그를 돌봐주기 위해 함께 살기 시작했고, 딸을 하나 낳았다. 그렇지만 재명이 오빠는 쾌활하고 적극적이던 이전으로 돌아가지 못했다. 그는 삼청교육대에 끌려가 있는 동안 몸만 망가진 게 아니라 정신적으로도 완전히 망가진 것 같았다. 다시는 술집 같은 걸 하지 않겠다더니 좀 움직일 만해지자 밖으로 나다니며 옛날 산동네 친구들을 만나기 시작했다. 한참 뒤에야 알게 되었지만 그는 도박판을 차렸고 약에도 손대기 시작했다. 비밀도박장을 하우스라고 한다는데 전문 노름꾼을 고용해서 돈 많은 물주들을 꾀어다 사기도박을 하는 것이었다. 처음에는 외제 중고차를 사들인다, 내게 패물을 사준다 하면서 주류도매상을 차렸다고 거짓말을 해서 그런 줄만 알았다. 몇 년 못 가서 패거리들 간의 싸움으로 사람이 죽게 되자 그는 검거되었고 범죄단체 조직으로 십오 년 장기형을 받았다.

그가 수감된 후 얼마 안 있어 딸아이가 홍역으로 죽었다. 나는 그 사실을 그에게 말하지 않았는데 누구에게 들었는지 어느 날 면회를 갔더니 만나기를 거부하고 교도관을 통해 쪽지만 전했다. 이제 다신 면회 오지 마라. 아이도 없는데 살길 찾아라. 그러고는 이감 신청을 하여 옮겨갔고, 내가 그곳까지 찾아가봤지만 그는 끝내 나를 만나주지 않았다.

혼자 가게 일을 하며 쓸쓸히 지내고 계시던 어머니에게로 돌아가서 생활한 지 서너 달쯤 되었을 때 한 남자가 쭈뼛쭈뼛 가게 안으로 들어섰다. 그는 월부 책 판매원이었다. 그는 나보다 세 살쯤 어렸으며 단정하고 소심한 남자였다. 월부 책 판매원이 변변한 직업은 아니었지만 고교를 나와 온갖 일을 거쳐서 겨우 잡은 직장이라고 했다. 나는 워낙 책 읽기를 좋아하던 터라 그가 꺼내놓은 세계명작전집 삼십 권짜리에 이끌렸다. 사실 목돈을 주고 사야 했다면 내 형편에 언감생심 꿈도 못 꿀 일이었지만 열 달 동안 나눠 낼 수 있다는 데 더 이상 그의 서툰 설득조차 필요 없게 되었다. 그는 너무 쉽게 한 건 올리고 신바람이 나서 돌아가더니 다음달부터는 월부 책값을 핑계로 우리집을 드나들기 시작했다. 그가 단순히 책이나 팔러 다니는 사람이었다면 그를 따라서 그 동네를 떠나지는 않았을 것이다. 그 역시 책 읽기를 좋아했고 나에게 그가 취급했던 많은 책들을 계속해서 가져다주었다. 한때 민우씨와 그랬던 것처럼 우리는 한 작품을 같이 읽고 이야기하고 의견이 달라 다투기도 하면서 정이 들었다. 그러나 그의 성격상 월부 책장사로 먹고살기는 쉽지 않았다. 나는 그의 고향인 인천으로 가서 그와 함께 작은 트럭으로 계란을 팔러 다니고 청과물도 떼어다 팔면서 새 삶을 시작했다.

그리고 그녀는 이내 아들을 하나 낳았다. 십여 년간은 큰 욕심 없이 그럭저럭 행복하게 살았다고 한다. 남편이 주변머리는 없어도 성실해서 단칸 사글셋방에서 전세로 옮겨 앉고부터는 돈도 조금씩 모였다. 그러나 아들이 열 살 되던 해에 남편이 교통사고로 크게 다쳐 보상 한 푼 받지도 못하고 누워 지내다가 빚만 남기고 죽고 나니 그녀의 삶은 다시 바닥이었다. 혼자서 남의 집일, 식당일, 청소일 안 해본 게 없었다. 그래봤자 그렇게 번 돈으로는 이자 치다꺼리하기에 바빴다. 일 다니느라 어린 아들을 늘 혼자 방치해야 했다. 그래도 아들은 다행히 아버지의 품성을 닮아 별 탈없이 착하게 자랐다. 공부에는 큰 재주가 없던 탓에 전문대학을 나왔고 비정규직이지만 대기업에 취직이 되었다. 아들은 해고되기 직전까지 철거지역에서 용역을 관리하는 과장의 보조로 일했는데, 그가 얼마나 성실하고 열심히 살려고 노력했는가를 담담히 기록하고 있었다. 아들이 용역들과 개발지 철거반원으로 일했다는 대목에서 나는 잠시 읽기를 멈추었다. 내게는 너무도 익숙한 장면이 눈앞에서 생생히 재현되는 듯했다. 가슴이 답답해져왔다. 우리가 뭔가 보이지 않는 끈으로 가냘프게 연결되어 있었던 것만 같은 묘한 기분이 들었다. 그녀는 아들이 일터에서 해고되고 각종 알바일을 전전하다가 지난해 겨울에 스스로 삶을 마감했다고 적고 있었다. 여기까지 불과 한 시간 남짓 걸린 것 같다. 수십 년에 걸친 그녀의 파란만장한 인생이 나의 한 시간과 함께 과거 속으로 흘러갔다.

그녀는 우연히 버스를 타고 가다가 시청 앞에 붙은 플래카드에서 내 이름을 발견했다고 했다. 첨부된 내용 말미에 그녀는 이렇게 덧붙이고 있었다.

나는 사진에서 늙은 당신의 얼굴을 확인하고 가슴이 두근거렸습니다. 아이가 죽고서 참으로 오랜만에 잊고 있던 달골시장 자리에 가보았습니다. 그곳에는 우리가 살았던 기억의 흔적들이 모두 사라지고 없었습니다. 당신 부모님의 어묵가게, 우리 국숫집, 공동수돗가, 재명이 오빠네 구두터, 영화관, 육교 등등. 우리가 살았던 곳이 애초부터 존재하지 않았던 게 아닐까 하는 생각이 들 정도였습니다. 사십여 년이 언제 이렇게 흘러갔는지 참 빠르기도 하네요. 함께 살아오고 뒤에 태어난 사람들이 물결처럼 저 거리에 오고가는데……

아, 잊었네요. 나는 내 아이의 이름을 민우라고 지었습니다. 김민우. 나는 그애가 우리처럼 어렵고 가난해도 행복했으면 했지요. 그런데 우리가 뭘 잘못한 걸까요. 왜 우리 애들을 이렇게 만든 걸까요.

차순아의 글은 그렇게 끝을 맺고 있었다. 까닭 없이 그녀가 나를 질책하고 있는 것처럼 느껴졌다. 한 사람의 일생을 기술한 것치고는 매우 짧은 글이었다. 더구나 내 생의 일부분이 끼어들어 있어서 나는 그 행간마다 시간 속에 멈춰 있는 장면과 사람들의 얼굴을 떠올렸다. 착잡한 마음에 일어나 서성거리다가 창가에 한참이나 서 있었다. 내 몸이 점점 사라지는 듯한 느낌이 들었다. 팔다리가 흐물흐물 지워지면서 몸통만 남더니 하반신부터 사라지고 있었다. 나는 창밖으로 펼쳐진 풍경 위에 필름 카메라로 겹쳐서 찍은 사진처럼 떠 있는 내 상반신을 바라보았다. 넌 누구야, 그가 이쪽을 향하여 묻고 있었다.

전화 안 받으세요?

여직원이 내 방 문을 빼꼼히 열고 물었다. 그제야 나는 책상 위의 휴대전화가 계속 울리고 있음을 알았다. 나는 휴대폰을 집으며 그녀에게 물었다.

어디 담배 없나?

직원은 담배와 종이 성냥을 갖다주었고 나는 우선 불을 붙여 한 모금 깊이 빨았다. 오랫동안 피우지 않아서인지 머리가 핑 돌아서 의자에 털썩 주저앉았다. 전화를 걸어온 사람은 이영빈 교수였다. 내 쪽에서 대뜸 물었다. 어디야? 오늘 뭐해? 그는 자기 둘째가 곧 결혼한다며 청첩장을 보내겠다고 했다. 내가 오늘 저녁에 술이나 한잔하자고 말하자 그는 좀 어리벙벙해서 무슨 일 있는 거냐고 되물었다. 오늘은 곤란하고 내일은 어떠냐기에 나는 됐다고, 다음에 연락하자며 전화를 끊었다. 필터가 거의 타들어갈 정도로 담배를 천천히 끝까지 피웠다. 나른하고 어지러운 느낌에 자신을 맡기고 한동안 멍하니 앉아 있었다.

컴퓨터의 화면을 보고 있다가 검색창에 도시재개발이라고 찍어본다. 엄청난 양의 정보가 뜨고 사진과 글들이 지나간다. 내가 아내와 딸을 데리고 유학에서 돌아온 것은 십 년 만이었고 마흔에 가까운 나이였다. 미국에서 몇 가지 국제적인 프로젝트를 하면서 실무를 익힌 뒤였다. 현산건축으로 돌아가 실장을 맡았고 건설 호기를 만나 회사를 크게 일으켰을 때였다. 구십년대 중반에 나와 윤병구가 해치웠던 주거환경 개선사업의 현장이 사진으로 떠 있었다. 물론 그 무렵에 삼풍백화점도 무너졌다. 근대화 기간의 건물 안전도 평가에서 거의 팔십 퍼센트 가까운 건축물들이 불합격 판정을 받았고, 합격된 경우에도 개축이나 수리가 필요한 실정이었다. 그렇지만 설계, 시공, 준공 과정에서 벌어지는 편법과 부정은 고쳐지지 않았다. 오히려 새로운 시장을 확대시킨 원인이 되었을 것이다. 나는 그즈음에 내 회사를 차렸고, 탄고구마 병구는 정치권에 들어갔다. 불과 십여 년 전에 내가 관여했던 도시재개발 사업의 과거와 현재도 사진과 함께 남아 있었다.

나는 산 전체를 뒤덮은 낮은 슬레이트 지붕들이며 얽히고설킨 비좁은 골목들과 구멍가게 앞에 모인 아이들의 웃는 얼굴을 보았다. 정든 동네에서 쫓겨난 그들은 지금쯤 어디서 무엇을 하며 살고 있을까. 갯바위에 붙은 패류의 껍데기처럼 다닥다닥 붙어 있던 꼬방들은 사라지고, 거대한 시멘트의 산 같은 아파트들이 장벽처럼 하늘을 향해 솟아 있었다. 반쯤 무너져 내린 집들과 폐허 위에서 녹슬어가고 있는 버려진 승용차 껍데기가 벌판 가장자리에 멈춰 서 있다. 인적 끊긴 골목에 제멋대로 자라난 잡초들이 풀숲을 이루었고, 저기 폭격을 맞은 듯한 무너진 건물 모퉁이에 주인 잃은 비쩍 마른 개 한 마리가 서성인다. 주로 아낙네들이 앞장선 철거 반대 주민 시위대는 제각기 서투른 글씨로 쓴 피켓을 들고 외치며 서 있다. 나도 병구와 함께 현장 시찰을 갔다가 먼발치에서 바라보던 풍경들이다. 우리는 철거용역이 그들을 해산시키고 불도저와 포클레인을 진입시키기 직전에 차마 못 보겠다는 듯이 황급히 차에 올라 그곳을 떠나곤 했다.

아 저기, 이제야 내가 살던 동네의 마지막 모습이 나온다. 그 지역은 나도 잘 아는 다른 회사가 주도한 사업이었다. 부모님들이 재개발되기 훨씬 전에 그 동네를 떠났기 때문에 나는 그 동네가 어찌되었는지 생각조차 해본 적이 없다. 차순아와 연결되지 않았다면 나는 지금도 까마득히 잊고 있었을 것이다. 내게 너무도 익숙한 달골시장 들어가는 중앙통이 보이고 낯익은 건물과 간판도 보인다. 그리고 어느 구멍가게 앞에는 묘순이와 순아가 나란히 앉아 공깃돌 놀이를 하고 있고, 나는 재명이 재근이 형제와 닭싸움을 하는 중이다. 사진 속의 아이들은 모르는 아이들이었으나 그들은 그맘때에 우리와 같은 공간에서 같은 꿈을 꾸며 자랐을 것이다.

내가 간직했던 기억은 거기 살던 사람들이 식구들과 함께 간직했던 추억과는 다른 것들이다. 내 것은 주민들의 기억을 한꺼번에 밀어붙이고 휩쓸어서 말살해버린 과정일 뿐이다. 우리의 컨설팅팀이 조직해낸 조합을 출발로 설계업체와 철거용역업체로 이어지고 시공사와 구청 구의회에서 정치권까지 연결되는 먹이사슬에 대하여 나는 잘 알고 있었다. 수많은 회의와 술자리와 골프미팅과 상품권, 명품, 현금의 꼼꼼하고 세밀한 보고서와 명세서, 영수증 등을 통하여 나는 윤병구 회장과 더불어 모두 알고 있었다. 윤병구는 국회의원이 되었고 재선했다가 불미한 사건으로 중도 탈락했지만 나는 그를 여러 번 도왔다. 아니 우리는 늘 서로를 필요로 했다. 이제 식물인간이 되어 세상에서 비켜난 탄고구마 병구는 그가 출발했던 영산읍에서 모든 사라진 기억을 깔고 누워 있다. 나는 오랫동안 산동네의 초라하고 구질구질한 삶에서 운좋게 빠져나왔다고 생각하고 있었을 뿐이다. 그 시대를 통과한 모두가 자신은 낙오하지 않고 이제는 잘살게 되었다고 보람을 느끼는 것처럼.

컴퓨터에 메일 화면을 불러낸다. 차순아 편지의 마지막 대목을 다시 읽어본다.

우리가 뭘 잘못한 걸까요. 왜 우리 애들을 이렇게 만든 걸까요.

나는 답장을 클릭하고 차순아에게 보내는 메일을 썼다.

옛친구를 기억해주셔서 고맙습니다. 많이 늦었지만 괜찮으시다면 한번 만나보았으면 합니다. 날짜 시간 장소는 편한 대로 정해주십시오. 연락 기다리겠습니다.

10

차를 마시려고 가스불에 주전자를 올려놓고 책상 앞에 앉아 편의점에서 가져온 삼각김밥을 아침으로 먹는다. 나머지 두 개는 자고 일어나서 먹을 참이다. 노트북을 켜면 시작화면에 각종 폴더들이 일제히 떠오른다. 다운받은 영화 폴더부터 시작해서 영어 회화, 그동안 써 모은 연극 대본, 사진 폴더 등등. 최근에 가장 빈번히 열게 되는 폴더는 '강아지풀'과 '검은 셔츠'다. 여느 때처럼 제일 먼저 인터넷을 접속하여 주요 기사 제목들부터 훑는다. 대동건설 임회장이 횡령배임 혐의로 구속되었다는 기사가 눈에 띈다. 대충 읽고는 메일을 확인한다. 하나는 언니가 보낸 것, 다른 하나는 소극장 대표가 다음 작품을 함께 하자는 내용, 그리고 박민우 선생의 메일이 들어와 있다. 그의 만나자는 제안에 나는 이제 게임을 끝내야 할 시간이 다가왔음을 실감한다.

김민우가 죽은 뒤에 나는 한동안 주말마다 부천에 가서 그의 어머니와 함께 지내곤 했다. 우리는 서로 의지가 되었다고나 할까. 김민우의 부재는 시간이 흐를수록 나를 걷잡을 수 없이 휘저어놓았다. 그의 죽음이 마치 내 책임이기나 한 것처럼 나의 뜨뜻미지근한 태도를 자책했다. 그러나 그것도 잠시, 김민우의 어머니도 그렇듯이 산 사람은 살아야 하니까. 그녀와 나는 먹고 마시고 함께 웃기도 했다. 어머니는 우리 또래들 말로 쿨했다. 엄마뻘 되는 나이에도 친구 같은 친밀함이 있었고, 문학소녀 같은 순진함이랄까, 어린애처럼 속이 좀 없달까, 어쨌든 그런 면 때문에 우리는 대화가 통했다.

그가 죽고 계절이 바뀌어 봄꽃이 만발하던 어느 날 함께 시내에 나가 맥주를 마신 적이 있는데, 그녀가 십대 때 성폭행당했던 얘기를 꺼냈다. 그것도 아무렇지 않게 당시의 정황까지 자세히 기억해냈다. 나는 그녀가 대학노트에 뭔가 쓰고 있음을 눈치챘다. 최근에는 컴퓨터 다루는 법을 가르쳐달라고 하더니 아들이 남긴 노트북에 그것들을 입력하는 작업을 시작했다. 여고를 졸업하고 경리로 일하며 타자를 배워두었던 것이 요긴하게 쓰인다며 뿌듯해했다. 내가 무엇을 쓰는 거냐고 묻자 그녀는 대답했다.

일종의 수기야. 그래, 잘 견뎠다, 잘살고 있다며 나를 위로하고 다독이는 거지.

나는 그녀의 말뜻을 금방 알아들었다. 괴롭고 힘들 때 일기를 쓰거나 누군가에게 편지를 쓰다보면 더욱 자기연민에 빠질 때도 있지만 스스로 회복되는 느낌이 든다. 어느 날 그녀는 나를 만나자마자 다소 들뜬 목소리로 어릴 적부터 잘 알던 사람이 시청에서 강연을 한다고 말했다. 그녀는 산동네 살던 이야기를 내게 해주었고, 그와 얽힌 이야기를 한꺼번에 풀어놓았다. 얘기를 듣다가 내가 참지 못하고 물었다.

그래서 민우씨 이름이 그분이랑 같군요. 혹시 민우씨 아버지가……

그녀가 웃으며, 연속극 쓸려구 그러는 거야? 그랬다.

저랑 그 강연에 가요. 그분이 반가워할지도 모르잖아요.

내 말에 그녀는 고개를 저었다.

이렇게 뚱뚱해져서는, 보면 실망이나 하게?

그러고는 자기 행색을 한번 살펴보더니 한숨을 쉬었다.

그 사람은 이미 오래전에 나와는 다른 동네 사람이 되었는걸 뭐.

강연이 있던 날 나는 그녀에게는 알리지 않고 그를 찾아갔다. 강연이 끝나기를 기다렸다가 김민우 어머니의 이름과 전화번호가 적힌 쪽지를 그에게 전했다. 나중에 그 사실을 이야기하자, 그녀는 처음으로 정색을 하고 나를 꾸짖었다.

어쩌다 그렇게 시시껄렁한 생각을 해낸 거야?

나는 그녀의 노여움을 피하려고 잔꾀를 냈고 내기를 제안했다.

쓸데없는 소리 마. 전화 와도 잘못 걸었다고 할 거야.

어쨌든 전화가 걸려온다에 오만원 걸게요.

아니다에 십만원!

정말요? 걸려오면 십만원 주시는 거예요. 진짜죠?

그 일을 잊어버릴 만한 무렵의 어느 날 한밤중에 그녀에게서 전화가 왔다. 취기 어린 목소리였다. 박민우씨가 전화를 걸어왔는데 받지는 못했고, 문자가 남겨져 있더라고 했다. 그녀는 알코올중독은 아니었지만 혼자가 된 뒤에 술에 많이 의존하는 듯했다. 내가 혈압도 있으신데 혼자서는 술 드시지 말라고 주의를 주자, 그녀는 나른한 음성으로 술이 시간을 줄여주잖아. 밤이건 낮이건 후딱 가게 만들어, 했다. 내가 다시 걱정의 말을 하자 그녀는 심드렁하게 대꾸했다.

잠자다가 밤새 안녕, 하는 게 젤 큰 복이라는데, 그러면 좋지 뭐.

그 주말에 나는 그녀를 찾아가서 십만원을 내놓으라고 장난스레 떼를 쓸 작정이었다. 그러나 주말에 나오는 편의점 알바생이 갑자기 그만두는 바람에 대타로 뛰느라 쉴 수가 없었다. 그다음주에는 또 연극 공연에 임박해서 리허설이니 뭐니 정신이 없었다. 전화 통화할 시간도 없어서 문자만 주고받았다. 어느 날은 드디어 그 건축가와 통화를 했다는 문자가 왔는데, 한번 만나보지그러냐고 내가 채근하자, 그녀는 한사코 만나는 건 싫다고 했다.

공연 전날인가, 아침에 편의점에서 일을 마치고 귀가하는 길에 마지막으로 그녀의 문자를 받았었다.

퇴근했어? 오늘도 고생 많았겠네. 내일부터 공연이라고 했지? 내일 못 가면 모레라도 갈게. 한동안 못 봤더니 보구 싶네.

그러나 그녀는 그 주에도 그다음주에도 공연을 보러 오지 않았다.

나는 그녀가 남긴 몇 가지 물건들을 내 방에 가지고 있다. 그녀는 아들이 죽은 지 불과 몇 달 뒤에 서둘러 아들을 뒤쫓아가

듯, 자신의 농담처럼 밤새 안녕, 하고 복된 죽음을 맞았다. 집에서 이불 속에 든 채로 사망했는데, 사인은 뇌졸중이었다.

그녀의 주검을 처음 발견한 것은 나였다. 연극 공연이 삼 주째 계속되던 어느 날, 다음주면 공연이 막을 내릴 텐데 그녀가 연락도 없이 나타나질 않아서 전화를 했다. 그런데 문자를 보내도 답이 없고 전화를 걸 때마다 전원이 꺼져 있었다. 나는 이상한 생각이 들어서 편의점 일을 끝내고 곧바로 그녀의 집으로 가봤다. 복도식으로 된 아파트 현관문에는 각종 전단지와, 중국집이나 인근 식당에서 홍보용으로 만든 메뉴판 등이 덕지덕지 붙어 있었다. 초인종을 누르니 안에서 새소리가 울렸다. 아무런 반응이 없어서 거푸 초인종을 눌러대자 이에 응답이라도 하듯 새소리만 계속 울렸다. 나는 현관문 비밀번호를 알고 있었다. 김민우의 생일이었다.

문을 열기가 무섭게 불쾌한 냄새가 훅 끼쳤다. 불을 켜자 제일 먼저 주방 겸 거실에 놓인 밥상에 마시다 남은 소주병과 맥주병이 놓여 있는 게 눈에 들어왔다. 하나뿐인 방문을 여니 이불이 깔려 있고, 이불자락 위로 젖은 가죽 같은 회색 얼굴이 보였다. 나는 입을 막고 주춤 섰다가 뛰어나왔고 관리실에 알렸다. 경찰이 왔고, 이튿날 간단한 검시를 하고는 김민우 때처럼 사무적으로 신속하게 일처리가 진행되었다. 한 사람이 지상에서 사라지는 일 따위야 대수로운 일도 아니다. 도처에서 날마다 이런저런 이유로 사람이 죽고 새로 태어난다. 죽거나 살거나 모두 일상에 지나지 않는다.

직계가족이냐는 경찰의 물음에 나는 아들의 약혼자였다고 우겨서 김민우가 남긴 노트북을 챙겼고, 한과 상자와 옷상자에 간직해둔 두툼한 대학노트 다섯 권과 앨범 등속을 챙겨왔다. 막상 앨범을 챙겨오고는 공연한 짓을 했다는 생각이 들었다. 저 사진들은 이제 처치 곤란이다. 조만간 김민우가 죽은 충주의 한적한 강변에라도 찾아가 태울 작정이다.

그녀의 집에서 몇 가지 물품들을 챙겨들고 나오는데 현관문 밖 복도에 내놓은 빈 화분에 강아지풀이 수북이 자라나 있는 것이 눈에 띄었다. 아니 오랫동안 방치되어 억새풀처럼 누렇게 빛이 바랜 상태였다. 나는 그녀가 일부러 강아지풀 따위를 화분에 심지는 않았을 거라고, 씨앗이 바람에 날려와 돋아난 거겠지, 하고 단정지으면서도 이렇게 무성해지려면 물을 줬을 텐데, 싶었다.

나는 요즘 그녀의 수기를 읽는 데 흠뻑 빠져 있다. 분량이 상당하다. 언제 그 많은 양을 노트북에 옮겼는지 대학노트 한 권 분량은 족히 정리되어 있었다. 펜으로 쓴 노트의 문장은 아무래도 거칠었고, 노트북에 저장된 것은 최근에 손질을 했는지 잘 만지면 책을 내도 손색이 없을 정도다. 어느 날 글을 읽다가 기발한 발상이 떠올랐다. 이 글의 첫 독자는 그 사람이어야 한다는 생각이 들었다.

나는 짬짬이 시놉시스 쓰듯 방대한 분량의 글을 짧게 간추려서 그녀의 이름으로 그와 접속하기 시작했다. 나는 이미 그에 대해 많은 것을 알고 있다. 하루에도 몇 번씩 인터넷을 통해 그와 관련된 기사와 정보들을 읽는다. 그에게 편지를 쓰고 있으면 나는 산동네의 차순아가 된다. 한번은 그의 손을 잡고 이 지하방을 빠져나가는 꿈을 꾸기도 했다. 편의점에서 돌아와 글을 쓰다가 깜박 잠이 들었는데 폭우가 쏟아졌고, 반지하 계단으로 흙탕물이 밀려들어오기 시작했다. 순식간에 방이 물에 잠겼다. 허우적대는 나에게 김민우가 빨리 나가야 한다고 손을 내밀었다. 그 손을 잡고 간신히 빠져나와보니 김민우가 아니라 박민우였다.

이제 그만 무대에서 내려와야 한다. 나는 박민우의 메일에 답장을 쓴다. 정우희와 차순아가 서로 튀어나오려고 아우성이다. 그러나 타이핑을 하는 순간 나는 자연스레 차순아가 된다. 박민우씨께. 저도 한 번은 꼭 뵙고 싶네요……

한 시간 전쯤 약속 장소에 와서 부근을 둘러보았다. 나는 이곳의 옛 모습을 알지 못하지만 김민우 어머니의 글에서 본 정취 따위는 느낄 수가 없다. 산등성이에는 온통 성채 같은 아파트가 빽빽이 늘어섰고, 가지를 드러내기 시작한 키 큰 활엽수들에는 단풍 든 나뭇잎들이 듬성듬성 매달려 있다. 소나무, 전나무 같은 상록수들이 포장된 보도 옆에 줄지어 서 있다. 여러 색깔의 낙엽이 깔린 길로 젊은 엄마가 차양 달린 유모차를 밀고 지나간다. 아이들이 하얀 털의 애완견과 놀고 있다. 아이들의 맑은 웃음소리가 드높았다.

아파트 구내의 비탈길을 내려와 큰길가의 호텔에 들어섰다. 예전에 영화관이 있던 자리라고 들었다. 꼭대기에 있는 라운지로 올라갔다. 창가의 맨 뒷자리에 앉았다. 아까 한번 둘러보았던 장소였고 그 자리도 내가 찜해둔 곳이었다. 통창으로 바깥 전망이 보이는 곳은 동쪽이어서 오후의 그늘이 드리웠다. 창밖으로는 산자락을 가리고 병풍처럼 늘어선 아파트들이 보였다.

약속시간이 되자 박민우가 들어선다. 그는 노타이에 진회색의 양복을 입고 있었다. 그가 두리번거릴 때 시선을 피하려고 나는 잠깐 고개를 숙였다. 그는 역시 창가로 와서 바깥 풍경을 내다보며 잠시 서 있었다. 박민우는 뭔가 옛날 흔적을 찾고 있을지도 모른다. 그가 앉지 않고 서 있어서 그랬는지 웨이터가 다가가서 뭐라고 말하며 자리 안내를 하려 하자 그는 의자에 천천히 앉았다. 바로 내 정면에 그의 반백의 머리카락과 휑한 정수리가 보인다. 그의 구부러진 어깨 때문에 양복의 등판이 봉긋하게 솟아올라 있었다. 나이든 남자의 등은 언제나 좀 쓸쓸해 보인다고 나는 생각했다. 그는 창밖을 내다보다가 잊었다는 듯이 입구 쪽으로 고개를 돌렸다가 하며 앉아 있었다. 그는 과거를 향하여 앉아 있었고, 그의 과거가 나의 현재라는 생각이 들었다. 그는 소매를 올려 시간을 확인한다. 약속시간에서 이미 이십 분가량 지났다. 나는 자리에서 일어나 그가 앉은 방향으로 걸음을 옮겼다. 그 옆을 지나칠 때 휴대전화 울리는 소리가 들리고 그의 목소리가 들렸다.

그래, 아빠다. 잘 지내지?

나는 조용히 그의 곁을 지나서 밖으로 걸어나왔다. 저 자리에서 그가 얼마나 오래 앉아 있을지는 모르겠지만 기다려봐야 소용없다는 걸 깨닫는 데 긴 시간이 걸리지는 않을 것이다. 나는 얼마간 더 차순아로 살아야 할지도 모르겠다. 아직은 그것이 나를 견딜 만하게 해주기 때문이고 좀더 할 이야기가 남아 있기 때문이다. 그것은 내 이야기이기도 하고 차순아의 못다 한 이야기이기도 하다.

* * *

딸이 이번 겨울에는 한국에 와서 지낼까 한다고 말했다. 남편이 안식년을 맞아 쉬고 있는데 한국에 오고 싶어한다는 것이다. 나는 무심코, 엄마는? 하고 물었다. 우리만요. 딸이 잠시 침묵을 지키다가, 아빠도 참, 어떻게 한 번도 안 와보실 수 있으세요, 하고 원망조로 말했다.

통화를 마치고 삼십 분쯤 더 기다렸지만 차순아는 오지 않았다. 나는 좀더 기다려볼까 하다가, 이게 무슨 부질없는 짓인가 하는 생각이 들어서 몸을 일으켰다. 스스로가 약속 장소를 이곳으로 정하고서 왜 나타나지 않은 걸까.

밖으로 나오니 벌써 날이 저물고 있었다. 낙엽이 뒹굴고 있는 길가 가로수 밑에 때늦은 강아지풀이 누렇게 변해서 바람에 산들거리고 있다.

이것 좀 봐요. 아줌마가 그러는데 이런 게 다 풀이래. 이게 잔디보다 색이 엷어. 잔디는 서로 잘 얽혀 있는데 얘들은 호미로 하나씩 긁어내면 쑥쑥 뽑혀요.

아내는 잔디밭 사이사이에서 풀을 뽑아 보이며 무슨 대단한 사실이라도 알아낸 듯이 길게 얘기했다. 나는 데크 파라솔 아래 앉아서 건성으로 그쪽을 쳐다보고는 이내 보고 있던 신문에 눈길을 돌렸다.

얘가 번식력이 강해서 그냥 두면 잔디가 망가져요. 이렇게 듬성듬성한 자리가 다 이것들 때문이야.

아내는 여름이면 마당에 앉아 풀을 뽑으며 투덜댔다. 미국에서 돌아와 건축설계 일을 시작한 지 십 년 가까이 되어서야 나는 서울 근교 신도시에 부지를 사서 내가 직접 설계한 주택을 지었다. 아내는 태생이 마당에 앉아 풀을 뽑거나 손에 흙을 묻히는 걸 싫어했지만, 그곳에 모여든 이웃 아낙들이 봄마다 삼삼오오 몰려다니며 꽃을 사다 심는 것을 보더니 타고난 경쟁심이 발동했다. 깔끔한 성격에 이웃집을 의식해서이기도 하고 거슬리는 꼴을 못 보는 성미 때문이기도 했다. 한동안 마당 가꾸기에 열을 올리며 화훼단지에서 희귀 야생화를 날라다 심었다. 손바닥만한 마당이었지만 가꾸려 드니 제법 손이 갔다.

나는 바쁘다는 핑계로 막상 집만 지어놓고 밖에서 시간을 보내는 일이 많아져서 마당일 따위엔 관심이 없었다. 아내는 이럴 거면서 왜 주택으로 오자고 했냐고, 밤중에 혼자 있으면 얼마나 무서운 줄 아냐며 불만이 쌓여갔다.

나는 문득 우리가 언제부터 마당에 잔디를 깔았나, 하는 생각이 들었다. 원래 우리네 마당은 마사토를 깔거나 그냥 흙마당이었다. 그리고 마당가 담장 밑에 자그마한 화단을 만들어 채송화, 봉숭아, 과꽃, 수국 등을 심거나 텃밭을 만들었다. 잔디는 사실 우리 기후에 맞지도 않을뿐더러 묘지에 떼를 입히는 용도로나 사용되지 않았던가. 그런데 언젠가부터 마당에 잔디가 깔리기 시작했고 그것이 중산층 정원의 상징이 된 것이다. 어느 날 마당에 서서 잔디를 걷어내고 마사토를 깔아버릴까, 궁리를 하다가 마당가에 심어놓은 꽃들 사이에서 몇 줄기 삐죽이 올라와 있는 솜털 모양의 익숙한 풀들을 발견했다. 일하는 아줌마와 아내가 미처 뽑아내지 못한 것이 비로소 제 모습을 드러낸 것이었다. 강아지풀이었다. 나는 그것을 뽑아내려다가 내버려두었다. 일부러 심어놓은 화초들과 어우러져 있는 모양새가 나쁘지 않다는 생각이 들어서였다.

아내와 나는 그 집에서 그리 오래 살지 못했다. 나는 결국 아내의 등쌀에 당시 한창 인기를 끌고 있던 강남의 주거형 고층 오피스텔로 이사했고, 아내와의 관계는 점점 회복하기 어려울 정도로 나빠져갔다. 아내가 딸에게 가서 지내는 날이 많아지면서 지금의 타운하우스로 집을 옮겼다. 고층 오피스텔이 나는 처음부터 마음에 들지 않았다. 지금 살고 있는 집도 맘에 안 들기는 마찬가지다. 컴퓨터에 지도를 띄워놓고 새로운 주택 부지를 찾으며 맞춤한 곳에 집 짓는 상상을 하는 게 요즘의 내 유일한 낙이다. 그런데 그 집에는 함께할 가족이 없다.

나는 길 한복판에서 어느 방향으로 가야 할지 몰라 망설이는 사람처럼 우두커니 서 있었다.

작가의 말

수년 전에 전태일에 관한 다큐멘터리를 본 적이 있다. 그의 가족과 친구들이 나와서 그에 관하여 증언했다.

평화시장 노동자 전태일의 분신 항의는 대부분 알려진 사실들이었지만, 함께 편집된 옛날 필름 속에 흘러가는 평화시장 주변 거리와 사람들의 행색은 그 시대를 생각나게 했다.

그런데 제작자는 당시의 평화시장에서 전태일을 고용했던 사장을 용케 찾아내어 등장시켰다. 머리가 하얗게 센 노인이 와이셔츠 바람으로 평범한 아파트의 소파에 앉아 말하고 있었다.

나도 어려웠다고, 그때 재봉틀 몇 대 가지고 시작했다고.

기자가 전태일의 죽음에 대한 당시의 소감을 묻자 그는 잠깐 고개를 숙였다. 노인이 얼굴을 드는데 카메라가 그의 눈가에 번진 물기를 잡아냈다.

그들의 형편을 전혀 몰랐다고, 그럴 줄 알았으면 좀더 잘해줄 걸 그랬다고 그는 말했다.

그것은 짧은 순간에 지나지 않았지만 우리가 도달한 현재의 시간을 보여주고 있는 듯했다. 그는 아마도 평생을 잊지 않고 있었을 것이며 그것은 그의 인생에서 가장 깊은 회한이었을 것이다.

개인의 회한과 사회의 회한은 함께 흔적을 남기지만, 겪을 때에는 그것이 원래 한몸이라는 것을 깨닫지 못한다.

지난 세대의 과거는 업보가 되어 젊은 세대의 현재를 이루었다.

어려운 시절이 오면서 우리는 진작부터 되돌아보아야 했었다.

이것은 그야말로 '희미한 옛사랑의 그림자'에 관한 이야기이다.

2015년 11월

황석영

* 주인공의 선배로 설정된 김기영은 작고한 건축가 정기용 형의 일화에서 가져왔음을 밝힌다.

황석영
고교 재학중 단편소설 「입석 부근」으로 『사상계』 신인문학상을 수상했다. 베트남전 참전 체험을 바탕으로 집필한 단편소설 「탑塔」이 1970년 조선일보 신춘문예에 당선되면서 본격적인 작품활동을 시작했다. 만해문학상, 단재상, 대산문학상 등을 수상했다. 주요 작품으로 『객지』 『삼포 가는 길』 『한씨연대기』 『무기의 그늘』 『장길산』 『오래된 정원』 『손님』 『심청, 연꽃의 길』 『바리데기』 『개밥바라기별』 『강남몽』 『낯익은 세상』 『여울물 소리』 『철도원 삼대』 『황석영의 한국 명단편 101』, 자전 『수인』 등이 있다. 다수의 작품이 해외에 번역 출간되었다.

문학동네 장편소설
해질 무렵

1판 1쇄 2015년 11월 3일
1판 5쇄 2024년 11월 15일

지은이 황석영
책임편집 황예인 | 편집 정은진 김내리 이성근 강태형
디자인 김현우 유현아 | 저작권 박지영 형소진 최은진 오서영
마케팅 정민호 서지화 한민아 이민경 왕지경 정경주 김수인 김혜원 김하연 김예진
브랜딩 함유지 함근아 박민재 김희숙 이송이 박다솔 조다현 배진성
제작 강신은 김동욱 이순호 | 제작처 영신사(인쇄) 경일제책(제본)

펴낸곳 (주)문학동네 | 펴낸이 김소영
출판등록 1993년 10월 22일 제2003-000045호
주소 10881 경기도 파주시 회동길 210
전자우편 editor@munhak.com | 대표전화 031) 955-8888 | 팩스 031) 955-8855
문의전화 031) 955-2696(마케팅) 031) 955-8864(편집)
문학동네카페 http://cafe.naver.com/mhdn | 트위터 @munhakdongne
북클럽문학동네 http://bookclubmunhak.com

ISBN 978-89-546-3824-1 03810

잘못된 책은 구입하신 서점에서 교환해드립니다.
기타 교환 문의 031) 955-2661, 3580

www.munhak.com